GAEA

Gaea

哈棒傳奇

Ha Bang, My Boss

九把刀——作品
Blaze Wu——插畫

哈棒傳奇

目錄

從現在開始，
我就是
唯一征服天下的
男人！、
本書的收益
就是你的保費、將全
護

那進入、我的口袋、
如果有人敢動你、叫他
來跟我打！

哈棒

你老大

KAA-
KAKA

未來式美女

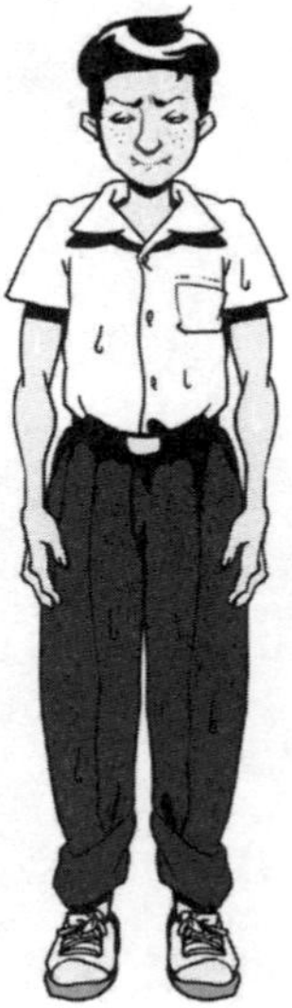

她是個美女，但從她淡淡的酒渦跟清澈無邪的小眼睛來看，她只是個小女孩。或者，是個正靦腆地走向美女之路的小女孩。

這種未來式美女的屁股後面，追求的人黏成一座山，比起現在式的美女，她的身價可高得多，就跟股票一樣。

消息面支撐了股價的走高或走低，當市場揣測某某公司將要調高財測時，該公司股價便會暴漲，但一旦財測眞的提前達成，股價反而嘩啦啦下跌，這種靈異現象叫「利多出盡」，彷彿拿了一手好牌洋洋得意後，卻反而在出手開牌的剎那發現根本沒人跟注似的無奈。這個理論告訴我們，觀察一個女人要像投資股票，要趁她還沒發現自己美麗的潛質時追到手，然後趁她含苞待放、準備成爲大美女前趕快獲利了結，脫手給下一個接收二手高檔貨的大烏龜。

而這個未來式的美女，正走進一家手機專賣店裡，我們遠遠地看著她，距離兩百公尺。要把她得快，依我的推測，這個女孩再過十七次月經的慘劇後就會蛻變成一個百分之百的美女。

「喂……怪怪的，你這個理論怪怪的！」王國總是這麼疑惑，他根本對所有的眞理都感到疑惑。

「哪裡奇怪？」我說，看了看身邊高大的男人。這男人跟王國如果有一絲一毫相同的地方，地球就要毀滅了。這男人根本對我跟王國之間的討論毫無興趣，這一定是因爲他早就知道知道這個投資美女的理論。

男人搔搔頭，他的頭像鳥窩。

「爲什麼大美女的身價會低？我就很喜歡大美女啊！」王國說，他的眼神暴露出無知的輻射線，我得離他遠一點。

「大家都會以爲美女被幹過了，所以美女就沒有人追，沒有人追身價就會亂跌一通，就算追到了美女，也會被認爲當了現成王八，糗得不得了。」我說，希望王國能多少領略一點點。

「我懂了。」王國遺憾地看著我：「你追不到美女對不對？」

「美女根本不值一追。」我忿忿說道。這個世界充滿了太多的不可思議，像我這種人爲什麼……爲什麼……爲什麼會有像王國這種白癡朋友？

身邊的男人像是突然想到一樣，抬起頭來看著天空說道：「對喔，今天我的手機應該修好了。」

天空浮雲白白，我忍不住流下眼淚。

那其實是我的手機啊！

□

三天前我買了一支新手機，一萬八千多塊，支援3G四頻及WiFi網路，藍芽、FM收音機、MP3、MPEG4錄影格式、三百萬畫素自動對焦相機，該有的都有了，用不到的商務功能也沒欠。

但這男人一看到我的手機，悲劇就發生了。我眞後悔在他面前將手機拿出來接電話，這都是我自己的錯，不關那男人的事。

「我的。」那男人是這麼說的，然後就把手機塞進自己的口袋裡，把他那支舊手機丟給我，一副施恩不求回報的樣子。雖然那支手機也是他從罣固酮那裡沒收的。

相信我，你不會想要違逆他。無論如何，畢恭畢敬的態度才是眞的。

不貳。

「謝謝。」我笑中帶淚地收下這男人的舊手機，加上一個大幅度的鞠躬以示忠心

但接下來的兩秒，一顆鳥糞從天而降，這擁有凌駕所有靈長目第六感的男人機警

一閃，鳥糞啪一聲黏在我的影子上，但「他的新手機」卻從口袋裡離奇地掉在地上，

美麗的機殼刮出一道小擦痕，彩色螢幕的上方出現奇怪的墨點。

「你自己的手機，自己修。」那男人將命運乖違的手機冷淡地遞給我，然後，我

自然微笑地將舊手機還給他。

隨後，我便被他押到手機店裡，用「自己的錢」修「自己的手機」，手機今天才

會修好，而那家店，就是剛剛那位未來式美女進去的那家店。

□

「走吧。」男人揉揉眼睛，大步邁向那家手機店。

我跟王國在男人左右兩邊後面跟著，深怕一不小心步伐大些便會超過男人的胸膛

線，到時候免不了被罰站半天。

就在我們打開店家的大門，跟著團團冷氣與我們交身而過的，是剛剛那位未來式美女。

未來式美女有意無意朝我們笑了笑，我的天！我恐怕估計錯誤了！這娘們不需要三次月經就可以脫胎換骨了，就跟快要吐絲的蠶寶寶一樣。

就在那一瞬間，那一個幾乎快要從上衣鈕釦縫中瞥見女孩可愛乳溝的瞬間！我跟王國都狠狠地深呼吸，將那女孩的髮香吸進五臟六腑裡，然後看著女孩堅挺的屁股撐著牛仔褲晃呀晃呀，我們吞了一口口水，那男人則像無性人般走到櫃台。

女孩慢慢走遠，頭低低地看著手裡的手機。那手機好眼熟。

「老闆，我的手機！」男人趴在櫃台上，伸出手來。

矮矮胖胖的老闆神色恭謹地站在櫃台後，雙手用瓷盤端出一支鵝黃色的掀蓋式手機，男子大剌剌地拿著我花了大把鈔票買來的新手機打量，似乎頗爲滿意。

王國幸災樂禍地看著我陰鬱的表情。我不怪他，因爲他更值得同情，我說過了，他是社會裡最無知的存在，說不定他更可能不存在，因爲他實在是……該怎麼說才好……他腦子感冒了。

「嗯？」男人的眉頭皺了起來，我開始同情那個正在冒冷汗的老闆。

男人將手機的電池拆開，發現電池的裡層貼了張小熊貼紙，我想我知道發生了什麼事，而老闆也知道發生了什麼事。

「剛剛……剛剛那個女的……好像拿錯了手機……」老闆支支吾吾地，不敢正眼瞧著那男人，多半緊張得想死。難怪我覺得剛剛那支手機好眼熟。

男人嘆了一口氣，陷入短暫的沉思，我卻幾乎要發狂了！

「那個女生走了多久？」男人開口，老闆趕緊立正站好說：「才剛剛走，一定追得上！」

我的視線模糊，天啊天啊！這種拿錯手機的荒唐鬧劇簡直是日劇裡狗屁倒灶的橋段！而這些橋段將要通往的天堂境界卻沒有我的份！可這手機明明就是我的啊！

原本應該發生在我身上的好事一下子莫名其妙轉嫁到這男人的身上，我脆弱的腦袋幾乎要炸裂！我真想鼓起勇氣向那男人請求歸還手機……但……

「搞什麼啊？」那男人啐了聲，拿起女孩的手機撥起自己被帶走的電話，我只能欲哭無淚地在一旁看著。

電話通了。

「喂？妳剛剛拿錯了我的電話。」男人簡單說完。

男人聽著女孩的聲音。

「我還在剛剛那家店裡，妳過來一趟吧，我穿白色T恤跟藍牛仔褲。」男人打著哈欠，但我已經從他的口臭中嗅出一股毀滅性的味道。

王國也察覺到了，我們兩個哀傷地看著對方。

男人轉頭朝向店家門外，看見那女孩漲紅著臉、拿著我的手機遠遠走了過來。

男人的屁股離開座位，拿起女孩的手機。接下來發生的一切我簡直無法想像。

站在街上，女孩已經認出眼前的男人，而我跟王國只是坐在店家裡看著男人與女孩的微妙互動。

「你好，對不起拿錯了你的手機！」女孩害羞地說，雙手合十微擺，可愛的模樣教人心疼。

男人一言不發，將女孩的手機遞給女孩，女孩紅著臉不好意思地收下手機時，突然間，男人一拳猛力轟進女孩的肚子裡，女孩連發出慘叫的機會都沒有，兩隻眼睛瞪大隨即吊白、嘴巴張得老開淌著口水，全身無力地掛在男人的拳頭上。

女孩手中的兩支手機虛弱地掉在地上。

男人一手抓著女孩烏黑亮麗的頭髮，將他憤怒的眼睛貼近女孩驚恐的臉，說：

「幹妳媽的敢拿錯我的手機？給妳一個教訓，感不感激?!」

這個未來式的美女連哭泣的力氣都沒有，只能淚眼汪汪地看著這凶惡的男人，她的腹部依舊被男人的拳頭給頂著。

「我問妳感不感激！」男人更憤怒了，拳頭離開女孩的身體，隨即展現他了不起的「吋擊」功夫，燃燒的拳頭再度轟在女孩的肚子上，女孩哇一聲，吐出一大堆玉米粒跟濃稠的液體。

王國深思道：「她中午吃的是玉米濃湯吧？」

我不置可否。或許是玉米罐頭也不一定。

「感不感激？妳竟敢不感激！」男人真的生氣了，又是豪氣萬千的一拳。

女孩跪倒在地，搖搖晃晃地又吐出一堆無法辨識的東西。她這個年齡層的女孩子就是喜歡亂吃些不知所謂的零食，營養都失調了。

「感不感激！」男人蹲在地上，用力捏著女孩的眼皮。

這女孩不愧是未來式美女，有夠識大體，雖然大概覺得自己快死了，但她終究還是被男人的社會教育所感動，她虛弱地說：「感、感……感激……」

男人點點頭，撿起地上兩支手機，一支我的，一支是女孩的。

而女孩的雙手根本無法抱著肚子痛哭一場，她完完全全放棄嘔吐跟求救，她的頭頂著地，身體弓字形縮在地上，像一隻被撒鹽的蝸蝓。

男人無奈地將兩支手機放在褲子裡，將女孩抱了起來，去馬路中間攔了一台公車，公車門打開，男人輕輕將女孩往車上一丟，對著司機冷冷說道：「去月球是一段票還是二段票？」

公車司機疑惑地看著這個有情有義的男人，其他的乘客也是一臉莫名其妙。

男人指了指女孩，說：「地球的空氣不適合她。」說完轉頭就走，公車門關上，夾著女孩的左腿，搖搖晃晃地走了。

「爲什麼老大知道這個女的是月球人？」王國問，看著男人氣呼呼地走進店裡。

「我本來就覺得她很可疑。」我說。她這個年齡層的女孩子跟外星人沒有兩樣啊，李宗盛有首歌叫「十七歲的女生其實是很『那個』的」，多少點出了問題。

男人瞪著發抖的老闆，將女孩的手機輕輕放在老闆面前，說：

「賣你。」

老闆吞了口口水，說：「多少？」

男人想都沒想，說：「兩萬。」

老闆笑中帶淚地點點頭，總算有個歡天喜地的結局。

我們的老大，一個叫作哈棒的男人。
他偉大的骯髒傳奇，就此揭開序幕。

頭蓋骨

王國蠻倒楣的，他在國中二年級暑假的一個晚上，頭蓋骨被狼牙棒給掀了。

那時候我跟王國剛剛吃完冰，從冰果室裡走出來，時間還不算晚，大約晚上九點多，但八卦山下的飆車族已經在孔廟附近轉來轉去，好像在集合似的。

飆車族喜歡將引擎聲調到快要爆炸的臨界點，簡直快吵死人了，那時王國雖然沒有白爛到盯著人家看，但他的眉頭居然皺了一下。

這一皺就皺出了問題。

一個長相斯文、梳著油頭的時代青年騎著改裝的小綿羊慢慢靠了過來，王國跟我一邊冒著冷汗一邊解開腳踏車的鎖，心裡祈求那個時代青年只是想進冰果室喝木瓜牛奶。

那個時代青年從背包裡慢條斯理地拿出一根狼牙棒，瞇起眼睛。

「剛剛是我不對，對不……」慌張的王國還沒說完，時代青年已經用狼牙棒朝王國的頭頂用力揮出全壘打，我的眼睛瞪大，臉上濺滿了紅點，熱熱黏黏的。

王國被掛了。

於是我當機立斷，抬起我的腿用力往倒下的王國肚子上用力一踹，大罵：「你這個賤機巴！幹！幹！幹！」

那個時代青年原本已經預備好下一個揮出全壘打的姿勢，但他神智迷離地看著痛毆王國的我，一時之間搞不懂怎麼回事，我用力朝王國的臉上吐了吐口水，然後冷靜地騎著腳踏車離去。

「他一定有吸膠！他一定有吸膠！他一定不會追上來！」我瘋狂地踏著腳踏板，然後直接將腳踏車騎進民生國小附近的派出所報案。

看門的警察急忙大叫：「衝蝦小！」

我義無反顧地騎腳踏車撞倒他，然後朝櫃台大吼：「我朋友在孔廟那邊被飆車族……打死了！」

接下來的十分鐘，我看著五、六個警察神色痛苦地穿起防彈衣，慢慢將子彈一顆一顆裝在彈匣裡，甚至有個人還打電話模仿電影裡的劇情，深情款款地跟老婆說他今天晚上沒辦法回家睡覺了，有個主管樣子的警察，屁股還黏在位子上抽菸裝憂鬱。我著急得大哭，這個時候如果老大在就好了！

「你們在做什麼！我朋友就快被打死了！」我大叫。

「啥？你朋友不是已經被打死了？」一個警察吃驚地說。

「差一點點！」我大哭。

「怎不早說！」那群警察立刻衝進警車裡，聲勢浩大地往孔廟奔去。

我們到了現場，什麼飆車族也沒有看到，只看見躺在地上的王國正在唸著阿彌陀佛，一條野狗在一旁舔著王國的腦袋……等等！

我的天！牠正舔著王國的腦袋！

「你的頭蓋骨咧！」我尖叫，救護車的鳴笛聲嗚嗚趕來。

「你幹嘛踢我！」王國指著腳踏車車輪旁的一塊像是棒球皮的東西，我趕緊撿了起來，將野狗踢走。

要是我晚來一步，那條野狗一定會把王國的腦子給吃了，我眞不敢想像。

「我會死嗎？」王國虛弱地被抬上救護車。

「你自己說說看，你還欠老大多少補習費？」我現實地說。

王國若有所思地閉上眼睛。

□

隔天王國他媽媽就找了個黑金議員開了記者會，那時候記者會還不怎麼流行。

「這就是社會的治安嗎？」王國的媽媽生氣地將頭蓋骨放在桌上，對著麥克風大叫。

警察說那個拿狼牙棒的時代青年十之八九是附近跳八家將的，關於這點，坐在記者會一旁的我實在不能苟同。

難道拿西瓜刀砍人的就是在賣西瓜的嗎？

拿水果刀刺人的就是在賣水果的嗎？

拿狼牙棒轟人的不可以是「我最喜歡的兵器是狼牙棒」嗎？

王國媽媽憤怒地大吼大叫：「你們警察幹什麼吃的！我兒子好端端地走在路上，為什麼會被暴走族砍掉頭蓋骨！」

警察局長長得很像當年的郝柏村，看著手上的稿子唯唯諾諾地宣誓警方改善治安的決心，而王國媽媽一直甩著手上的頭蓋骨抗議。我看了很心驚。

王國現在還躺在醫院裡，頭頂上包滿了紗布，就等著王國媽媽將頭蓋骨拿回醫院縫起來。而現在那塊頭蓋骨卻在王國媽媽手上飛舞著。

我必須這麼說，王國媽媽其實不太正常，要是她是我媽的話，我恐怕會做出弒親的舉動。

□

小學五年級時我去王國家裡玩，趁王國專心地看漫畫的時候，我偷偷溜到王國爸媽的房間裡想幹條奶罩玩玩，一進房間我就聞到一股刺鼻的藥水味，一開始我並不以爲意，但就在我撥開一堆奶罩時，赫然發現有個玻璃罐裡漂浮著一個巴掌大的嬰兒，幹！那是什麼鬼東西！

我當然嚇得屁滾尿流大叫，然後王國就衝到我旁邊，看到那個在福馬林裡緊閉雙眼的嬰屍，馬上就明白這是怎麼一回事。

「那是我妹妹，早產死的。」王國指著嬰屍肚子上的符咒，說：「我媽認爲這樣做對她比較好。」

比較好個屁。我一直吐，回家後更做了一系列「嬰屍大進擊」的爛夢，從此不敢再偷吃王國媽媽為他做的飯盒，天知道裡面加了什麼。

□

我瞥眼看了王國媽媽一眼。王國媽媽是很可怕的，她可以叫醫生等一下再動手術，然後拿著王國的頭蓋骨在記者會上泣訴他兒子悲慘的命運。

「你以為這樣就可以對社會大眾交代過去了嗎？」王國媽媽憤怒地將頭蓋骨砸在桌上，我的天，我最擔心的事發生了！

那頭蓋骨碎了。

所有記者都呆住了，然後面面相覷。

「這……」警察局局長支支吾吾地說。我簡直癱了。

那場記者會不是現場轉播的，八〇年代的時候ＳＮＧ很少見，所以王國媽媽閉上眼睛，接著像魔鬼一樣衝向每一台攝影機，想拔下每一塊錄影帶。

「妳幹什麼！妳……」記者慌亂地阻止王國媽媽湮滅證據，但王國媽媽從懷裡掏出隨身攜帶的白色粉末撒向記者，幾個記者頓時大喊眼睛好痛。

那白色的粉末是王國媽媽的外公、外婆的骨灰，聽王國說，他媽媽每次吃東西就要加上一點，據說也是爲了讓他們過得好一點。

而現在會議室裡飄滿了骨灰，我替他們兩個老人家感到欣慰，至少他們不必被吃進肚子裡，然後被沖進馬桶。

「瘋婆子！把帶子還來！」記者閉上眼睛痛喊，但帶子已經被王國媽媽拉了出來，捲得亂七八糟了。

□

我陪著王國媽媽到醫院探視等待頭蓋骨的王國，當然了，我跟王國媽媽保持至少三步的距離，免得中了她的邪術。

病房門打開，躺在病床上的王國欣慰道：「媽，妳終於回來了。」

王國媽媽點點頭，將雞湯放在桌上，說：「快趁熱喝了。」

王國沒有搭理雞湯，忙問：「我的頭蓋骨呢？」

王國媽媽一臉的無辜與疑惑：「什麼頭蓋骨？」

王國急了，指著腦袋說：「就這個頭蓋骨啊！」

王國媽媽只是斜著頭，似乎完全不明白王國在說些什麼。

王國一愣，然後看了看我，我將頭別了過去，研究著貼在醫院柱子上的健康小祕訣。原諒我，我一點也不想招惹你媽。

「高賽！我的頭蓋骨呢？」王國幾乎要哭了。

王國媽媽嘆了一口氣，拿起蓋住雞湯的陶瓷小碟子，輕輕蓋在王國的頭頂上，像是在度量尺寸。

王國快要慘叫的瞬間，王國媽媽轉過頭來看著我，說：「是不是剛剛好？」

我只能點頭附和，說：「陶瓷的比較堅固。」

王國昏倒了。

過了半小時，醫生拒絕動「把碟子縫在頭頂上」這樣的爛手術，而將頭蓋骨碎片一小塊一小塊拼貼上去，忙了幾個小時，終於將王國的腦袋給補好了。

王國躺了一個月，警察在這一個月內什麼鳥蛋也沒抓到，而王國在出院後偶爾還是會頭痛（是因爲那隻野狗舌頭上的細菌嗎？），有時還會覺得有風透進去腦子裡，涼涼的。

所以我才會說王國的腦袋感冒了。原本各項考試常常拿五十幾分的王國，智力也急降到只能拿三十分，跟及格的夢想永別了。

這件事最生氣的就是老大哈棒了，原因是他投資在王國身上的幾千塊補習費白砸了。這個部分以後再詳談，那是哈棒老大畢生經營的事業。

「幹！那個人長什麼樣子？」哈棒老大揪住王國跟我的領子問道。

於是我跟王國便把回憶中的一切倒給哈棒老大，老大點點頭，然後摔下我們轉身就走。

「老大會爲我報仇嗎？」王國看著哈棒的背影。

「對方可是成群結黨的壞人啊。」我說。

「壞人？」王國有些迷糊了：「我怎麼覺得老大更壞？」

是啊，雖然哈棒老大總是單槍匹馬，但我相信老大根本不怕那群吸膠暴走族。因為老大壞透了。

□

當天晚上，哈棒老大弄了支槍。

「天啊！哪來的！」我驚呼。

「是警槍。」哈棒陰狠地說。我實在不想過問警槍的來源，免得被滅口。

在很多層次上來說，哈棒遠遠比王國他媽還要可怕得多。

連續三個晚上，我們三人都坐在孔廟的暗處吃冰，等待那些暴走族出現，到了第三天晚上終於聽見吵雜的引擎聲，大約十一、十二台機車在孔廟前吊孤輪、叫囂、炫耀手中金光閃閃的西瓜刀。

王國很快就認出那個把他腦袋當棒球打擊出去的混蛋，他的背包鼓鼓的，那支天殺的狼牙棒應該還在裡面。正當王國想伸手指認時，哈棒老大卻一屁股站起來說：「不重要。」

哈棒老大走到那群機車陣中，想都沒想就拉開手槍的保險，朝著最近的飆車好青年轟了一槍，那名正努力單用前輪搖擺前進的青年摔下車，鮮血在地上劃出一痕。接著，老大雙腳根本不動，就這樣朝四周的車陣開槍，槍槍沒有間隙，那群飆車青年根本沒有逃走的時間，全都在十秒內躺平。

幸好那時候哈棒的槍法不夠犀利，每一槍都沒有命中要害，但也夠他們在下半生鑽研殘而不廢的奧義了。

哈棒老大順著王國呆滯的眼神，走到那個揹著狼牙棒的時代青年身旁，將背包的拉鍊拉開，果然抽出一把狼牙棒。

「手伸出來。」哈棒老大冷淡地說。

那時代青年當然不敢把手伸出來，他雖然腹部中了一槍，但還算清醒。至少比吸膠時清醒。

哈棒老大點點頭，舉起狼牙棒用力往他身旁同伴臉上一揮，轟的一聲，他同伴的臉被打成蜂窩，痛得在地上打滾。

「手伸出來。」哈棒老大冷淡地看著時代青年。

時代青年哭了，猛搖頭，忍痛跪在地上不停磕頭。

哈棒點點頭，像打高爾夫球一樣，一棒朝一個女飆車族的下巴揮了上去，那女飆車族的嘴裡噴出好幾顆牙齒，連慘叫聲都免了。

「把手伸出來。」哈棒老大的聲音變得嚴峻。

時代青年哭著把手伸出來，就像一個害怕被打手心的犯錯小孩。

「幹！」哈棒老大手中的狼牙棒砸落，我隱隱約約看見像手指一樣的東西稀里嘩啦掉在地上蠕動。那時代青年像彈簧般在地上亂叫亂跳的，不知道在慶祝什麼。

哈棒丟下狼牙棒，滿意地向我們走來。他手上的警槍還冒著煙。

這就是哈棒。

我老大。

恐怖的作文課

我國小一年級就認識哈棒老大了，起因是我們同班。

一年級的時候我們班上有六十二個小朋友，二年級時只剩下二十四個，除了因爲身受重傷而趕不上學業進度被迫留級以外，其他都是因爲家長將戶籍地遷移到外縣市而轉學。

小學一年級就留級，一定在他們心中留下難以治癒的傷痕，不過他們總算逃過哈棒老大的社會教育。

三年級時重新分班，老天作弄，又讓我跟哈棒老大分在同一班。

那時班上有五十四個小朋友，到了四年級時居然還剩下四十八個。小朋友重傷率的大大降低，除了因爲哈棒變得比一、二年級更成熟懂事外——也就是下手開始有輕重之分——最大的原因還是小朋友們都已經徹底認清哈棒爲人的緣故，變得相當地低調與順從。

七龍珠裡的廢柴外星人都要戴上「戰鬥力分析器」才知道對手有多厲害，但我們這群四年級的小朋友就已經經歷種種社會事件，個個都知道哈棒這輩子就應該踩在我們的頭上，毫無疑問。

三年級上學期，班上重新選舉班級幹部，一些搞不清楚狀況的新同學興奮地推舉一個叫作「林俊宏」的品學兼優模範生當班長，絲毫沒發現我們這些哈棒的老同學眼神裡的不安；最後選舉結果出爐，雖然還是哈棒老大以些微差距當選了班長，但該堂下課時，連高年級的學長姊都從樓上好奇地觀望我們教室走廊上的「社會教育」。

哈棒老大拿著拖把坐在洗手台上，輕聲細語指揮著爲數二十一個小朋友用拳頭跟地板打架，所有小朋友都不敢哭不敢鬧，連女生也一樣，個個奮不顧身用力地朝地板揮拳，而那個叫作林俊宏的好學生躺在洗手台上漂啊漂的，不知是死是活。

所以三年級下學期的班級幹部選舉，哈棒以百分之百的得票率當選班長，然後再由他將其他班級幹部的名字隨便填一填。我就這樣當了風紀股長，負責管理根本不必管理的秩序。有老大在，班上的氣氛總是十分肅殺，沒什麼吵鬧。

爲什麼這篇文章的標題是「恐怖的作文課」？

記得四年級上學期的作文課上，那個喜歡喬裝未婚女子的老太婆在黑板寫上這個禮拜的作文題目「我最要好的朋友」時，班上的氣氛就更加地凝重了。

我最要好的朋友？我看了看坐在旁邊的王國，又看了看坐在後面的美華，三個人的眼神交會後，我們毫不猶豫地寫出生平第一篇胡說八道的作文。

我最要好的朋友　　高賽
我最要好的朋友，是坐在班上最後面的哈棒。哈棒他總是細心又體貼，仁慈地爲班上同學出頭，替大家排解糾紛。
哈棒上課認眞聽講，下課耐心教我做功課，放學後不但指派熱心的高年級學長替我們灑水掃地，還會指派家裡有錢的同學請大家吃冰、打電動，最後由哈棒的心情決定應該替大家寫功課的人，非常地民主，沒有人反對過。
所以大家都很尊敬哈棒，希望我們以後好好努力讀書，做個有用的人，將來能夠好好孝順哈棒。

絞盡腦汁後，我終於寫完這篇不三不四的作文，看了看王國，他滿臉大汗地用橡皮擦塗塗改改，他一定還不習慣睜眼說瞎話。而美華嘟著嘴，眼眶泛紅地看著她最要好的朋友小電，心不甘情不願地在作文簿上刻字。

「不要做傻事啊！」我心裡這麼想，畢竟一年多前美華也是跪在地板上用拳頭用力搥打地板的受害者，她知道該怎麼做。

環顧四周，大家都哭喪著臉咬著筆桿，兩堂作文課根本就像在辦喪事，但究竟是辦誰的喪事我還不知道。

哈棒躺在班上最後面的座位上呼呼大睡，他的位子是從家裡最有錢的林千富他爸爸的臥房裡搬來的，是張牛皮沙發，非常好睡，哈棒心情好時會讓我們一個人以五塊錢的代價坐十分鐘，而且不得拒絕。

我假裝要丟垃圾，走過哈棒老大的位子時偷瞄了一下哈棒的作文簿，他的作文簿上用奇異筆寫上「大家」兩個大字加上一群驚歎號。我丟完養樂多後回到座位上，感動得快要哭泣，天啊！我還以爲老大會寫上「我沒有朋友，我只有僕人跟狗」這樣的話，沒想到哈棒居然把我們當作他的朋友！

於是我忍著感動的淚水，繼續在作文簿上賣力虛構哈棒如何如何照顧大家的好話，雖然身邊啜泣聲不斷地擾亂我的靈感。

作文課結束了，毫不意外地，所有的作文簿都交到班長，也就是哈棒的手裡。在接下來的兩節自然課裡，大家都戰戰兢兢地研究該死的植物如何進行光合作用，而哈棒就躺在牛皮沙發上批閱這次的作文，偶爾還發出鼾聲。

「妳應該也是寫哈棒吧？」我問美華，手裡拿著植物的葉子。

「嗯。小電對不起。」美華看著小電，小電也紅著眼睛說：「沒關係，我也是寫哈棒。」

「有什麼好哭的？大家都寫哈棒。」楊巔峰說，將葉子切片放到顯微鏡下。

「爲什麼大家都寫哈棒啊？」轉學生可洛的眼睛骨碌碌地轉，疑惑地問。

我們這一小組的成員無不驚恐地看著可洛，天啊！她長得那麼可愛！年紀輕輕就要死了！

「難道……難道妳不是寫哈棒？」王國的聲音在顫抖。

「我寫林俊宏啊！我轉學過來後他最照顧我了！」可洛露出戀愛的羞澀表情，突然間顯微鏡的鏡片被壓破了。

原本偷偷在喜歡可洛的楊巔峰，臉色從驚懼到恍然無事只經歷了半秒鐘。

「怎麼辦？你不是在喜歡可洛嗎？」我在楊巔峰的耳邊說：「跪著跟老大求情吧！」

「我媽交代過，叫我千萬不可以冥婚。」楊巔峰笑了，好像他已經跟這件凶案完全脫離關係。馬的，這傢伙以後一定是個狠角色。

「我媽說我一定要冥婚耶，她說那樣對我比較好！」王國高興地說。眞好，爽到他了。

這時林俊宏走了過來，品學兼優的他剛剛聽說可洛的作文寫的主角是他，馬上露出一臉憂容：「可洛，剛剛上作文課時，我不是跟妳暗示過不要寫我的嗎？」

可洛天眞地說：「我看你一直跟我擠眉弄眼的，還以爲你要我寫你耶。你是不是寫我啊？」

林俊宏的臉青一陣白一陣，艱難地說：「我寫哈棒。」

可洛錯愕地看著林俊宏，又看了看坐在牛皮沙發上打呵欠的哈棒老大，說：「我來一個禮拜，沒看過你們說過話啊？」

林俊宏用看著遺照的眼神看著可洛，又嘆了一口氣。

後來的掃地時間，可洛因爲林俊宏沒有寫她當最好的好朋友，而哭得不成人形，但沒有人敢走過去安慰她，於是不懂事的她就故意哭得更大聲了。

我印象很深的是，當天放學回家時，哈棒並沒有跟往常一樣押著大家去跟高年級的學長姊募捐零用錢，而是獨自一人眼神陰狠地從學校後門離去。

「快逃。」我喃喃自語，希望可洛臨時搭飛機出國。

□

隔天早自習時，我注意到可洛的位置空空的，這點絲毫不意外，總要有些人遭遇不幸，報紙才有得寫。

但令大家坐立難安的是，林俊宏的位置也是空的。

「難道被寫的人也要死掉嗎？」美華從後面遞來一張紙條，紙條上的字跡凌亂。

「大概吧？」我將紙條傳了回去，不久我的背後傳來啜泣聲。

的確，這眞是太可怕了。

哈棒不只迫害不崇仰他的人，連別人崇仰的對象也一併除去，斬草除根，眞是人中龍鳳！

後來可洛再也沒有來上學了，聽說她的爸爸媽媽徹底對台灣教育失望，然後舉家移民到美國去，慶幸的是，可洛應當保住了一條性命，因爲我沒有在報紙上看到相關的社會新聞。

林俊宏這資優生過了兩個月才來上學，據說他在醫院裡的外號叫作木乃伊，說起來還挺炫。等到林俊宏重新回到學校後，他的表情看起來像喪失了七情六慾，完完全全變成一條書蟲。

直到五年級。

□

故事還沒結束。

後來五年級時我們又分班一次，美華跟小電高高興興地出現在隔壁班上，她們爲脫離哈棒的威權統治感到狂喜，而我跟王國則面無表情地坐在哈棒附近。

你眞該看看林俊宏的臉。當他知道他又跟哈棒同班的當天下午，我們幾個同學勉強湊點錢請隔壁班的肥婆幫他收驚。肥婆是個收驚的高手，收驚一次只要十五塊錢，此後林俊宏每次受到驚嚇就會去找她報到。

肥婆還是個未卜先知的靈媒。一次五塊錢。

有一次掃地完，我跟王國、林俊宏、楊巔峰一起去找肥婆占卜，肥婆的占卜很有一套，她叫我們從一堆七龍珠的人物卡片中隨意抽出一張。

楊巔峰抽到了一張「克林」。

「六年級時，你會有一場姻緣，但能不能把握住就看你自己了。」肥婆的眼神變得很曖昧。誰都知道肥婆在喜歡楊巔峰，可是誰也都知道楊巔峰喜歡的是班上最可愛的女生謝佳芸。楊巔峰毫不客氣向肥婆比了個中指。

我抽到的是「比克」。

「幾年後，你有個朋友會被外星人抓去，不過不關你屁事。」肥婆草草說完。簡直是胡說八道。不過既然不關我的事，那也就算了。

王國不太想抽牌，但還是在我們半推半就下抽了張「悟空」，看來是張吉利的好牌。

「唸書不要太用功，唸多了也沒用。」肥婆嘆口氣，但王國顯然很高興，畢竟他唸書實在很不在行。這點肥婆倒是說得很準，三年後王國的頭蓋骨被狼牙棒砍飛了後，就一直笨得要死。

接下來換林俊宏抽牌，肥婆面色凝重地看著他手中的「賽亞人」。

「六年級時，你還會有一次血光之災。」肥婆的眼神相當篤定。

「什麼？是什麼時候？什麼地點？」林俊宏抓著桌子發抖，模樣很激動。

肥婆搖搖頭，手指比出個「三」字，王國在一旁問：「三十塊？」

肥婆惡狠狠地看著林俊宏，說：「給我三萬塊，我就請龜仙人上身，告訴你如何躲過厄運。」

林俊宏當然沒有三萬塊，所以他趴在課桌上號啕大哭。

「幹嘛理她啦！不要發神經了好不好？」楊巔峰拉著哭哭啼啼的林俊宏，無奈地說。

到了六年級，林俊宏在莫大的壓力下好幾次都想求他媽媽轉學，或是在放學時恭恭敬敬地哀求哈棒把作業拿給他寫，結結善緣。

不過，該來的還是要來。

剛剛升上六年級的第二個禮拜，又是一堂作文課。

那堂作文課導師並沒有來，他生病了，由一個年輕的實習老師代課。

「大家好，我叫冰淇淋，今天幫你們老師代社會跟作文課，希望大家上課都能守秩序。今天的作文題目是：我最敬愛的人，大家寫完後放在老師桌上。」實習老師說完。

那一瞬間，林俊宏的臉都白了。

事實上，全班都陷入一種灰暗殘破的情緒裡，好像又要舉行喪禮似的。不過不打緊，有了前車之鑑，相信大家都能夠同心協力安然渡過。

我瞥了依舊坐在後面牛皮沙發的哈棒一眼，哈棒拿起奇異筆大刺刺地在作文簿上塗了幾個字後，就拿起《少年快報》看了起來。

「老大，你寫什麼？」我小聲問道，堆滿笑臉。

哈棒滿不在乎將作文簿丟了過來，我接住，上面寫著：「我自己！」

我點點頭，果然這是今天的標準答案。

接下來的兩個小時裡，全班振筆疾書、全神灌注地瞎扯淡，而林俊宏卻像死透的青蛙四肢垂下，只有頭趴在桌子上，兩隻眼睛空洞地跟神明溝通。他一定是想起了一年前肥婆的預言。

「血光之災……血光之災……」林俊宏的嘴巴滴出口水：「我還想唸台大、公費出國留學、安安穩穩當個公務員……」

「你再不寫，絕對會死的。」王國好心提醒林俊宏，林俊宏大夢乍醒，抓狂似地猛寫自己有多麼敬愛哈棒。

但我想他心裡更擔心的是，會不會有人白爛到寫他？

應該不至於吧，這次的作文題目是「我最敬愛的人」，又不是「我最要好的朋友」，除了穿林北腿先總統　蔣公、跟鐵拳無敵　國父孫中山可能不小心受害以

SAA
SA

外，我想不出這個題目會命中自己同學。

但眞有例外。

坐在我前面的楊巔峰朝著坐在他旁邊的謝佳芸冷笑，說：「我要寫妳。」

謝佳芸以爲他在開玩笑，罵道：「不好笑。」

楊巔峰一臉的奸邪，看著自己的作文簿唸著：「我最敬愛的人，就是謝佳芸，她每天都用粉筆在桌子上畫線，說如果我超過線就要拿圓規刺我，還不准我上課吃東西，所以我最敬愛她……」

還沒唸完，謝佳芸臉都綠了，急得想把楊巔峰的作文簿搶走撕掉。

楊巔峰死抓著作文簿，不停發笑，最後謝佳芸終於哭了。想必當初可洛那張空空盪盪的座位，至今仍令她印象深刻。

謝佳芸年紀輕輕又那麼可愛，整個六年級的男生都在暗戀她，但現在卻要成爲失蹤人口，人生遭遇之奇莫過如此，我不禁露出微笑。也好，反正我追不到她。

「爲什麼要害我？嗚嗚嗚……」謝佳芸哭得慘不忍睹：「難道你不知道你這樣做的話，你也會死嗎？」

「有妳陪著，黃泉路上不孤單啊！」楊巔峰微笑。

「嗚嗚嗚嗚嗚嗚嗚……」謝佳芸像老火車的汽笛聲嗚嗚作響，哭得一發不可收拾。

我看著楊巔峰微笑的表情，真替他覺得奇怪，好端端地幹嘛尋死。

「如果妳當我的女朋友，我就不寫妳。」楊巔峰終於露出猙獰的面目，我坐在後面大吃一驚。

原來肥婆的預言是真的！

謝佳芸呆呆地看著楊巔峰，楊巔峰笑嘻嘻地用口水沾著手掌，將桌子上的粉筆線塗掉，說：「當我的女朋友吧。」

謝佳芸傻傻地點頭，楊巔峰開心地將謝佳芸臉上的眼淚舔個乾淨。是的，楊巔峰伸出了他的舌頭，將謝佳芸的俏臉塗滿他的口水。狠角色！當時我就知道楊巔峰只要不犯到哈棒老大，將來一定是個呼風喚雨的超級大人物。

於是這堂作文課有了個溫馨的結局，謝佳芸從此變成楊巔峰的女朋友，成天在我前面演出低級又噁心的戲碼。而林俊宏也沒有被想自殺的人陷害，狂喜之餘，當天放學後他揹著書包又蹦又跳地衝下樓，結果不小心踩到一罐空養樂多罐跌了下去，把頭都跌破了，到醫院縫了好幾針。

「所以林俊宏的血光之災還是躲不過。」我說。

「哈，眞倒楣。」勃起哈哈大笑，跟我一起走進電梯。

電梯裡的勃起

看完了星際大戰第三部曲，我跟勃起跟著人潮一擠進電梯，電梯的鈴聲立刻大作，我跟勃起只好又走了出來。

「人好多啊。」我說，看了看錶，我跟秀媚等一下還要吃晚餐。

「趕時間嗎？我們等一下去吃肉圓，然後我要去你家躲一下。」勃起熱切地看著我。

「去我家躲一下？」我狐疑，難道勃起又看見那些髒東西了？

勃起是我的高中同學，本名叫徐柏淳，嚴格來說他從高中二年級才轉學進來我們學校，據說是在先前的鹿港高中被欺負得很慘才落跑到我們學校的，他這個人頭腦不清不楚，不過這也沒什麼，比起頭蓋骨被幹飛的王國來說，勃起算是聰明絕頂了。

勃起最大的問題，是出在勃起有陰陽眼，我想整天看見不乾不淨的東西一定嚴重干擾了勃起的腦波，讓他變得神智混沌。

「那些東西現在跟在我們附近嗎？」我緊張道。

「你真的沒看見嗎？比克跟西瓜星人就蹲在垃圾桶的旁邊，樣子凶巴巴的。」勃起不自在地說。

「我的天啊。」我打了個冷顫。

比克是經常出現在勃起周遭的綠色妖怪，據勃起形容的模樣，根本長得跟《七龍珠》裡的魔王比克一模一樣，但我猜他其實是個葉綠素攝取過多的野鬼，而西瓜星人則是一個肥胖而死的矮鬼。

「不用那麼怕啦，他們只是個性奇怪的外星人而已，比起學校裡那些混帳還更好相處。」勃起恨恨說道，他的就學史一攤開，其實是一部慘澹的被欺負史。

只有把那些妖魔鬼怪當作是外星人，勃起在心態上才能夠釋懷。我眞不敢想像萬一有陰陽眼的人是我，我該怎麼辦？其實最適合有陰陽眼的人是王國啊！

「我今天晚上跟秀媚有約，你恐怕要一個人回家了。」我斬釘截鐵地說。

「幹，秀媚很醜耶！」勃起瞪大眼睛。

「你說什麼？」我氣呼呼說道。

「算了。」勃起很快就放棄跟我爭論，畢竟秀媚是我的女朋友。

「我不只一次跟你說過，秀媚現在是個醜女沒錯，但哪一隻蛾不是蠶寶寶吃了一缸桑葉後才變成的?我問你,你交得到漂亮的女朋友嗎?不行嘛!早一步投資醜女,才是我們這種人的翻身之道!我的眼光不會錯的,秀媚就快要變成蛾了!」我又開始重複我的「未來式美女理論」。

「高賽,其實蠶寶寶跟蛾都很醜。」勃起認真的眼神簡直快殺死了我。

「那改成毛毛蟲變蝴蝶啊!蝴蝶五顏六色的很漂亮吧!」我大吼,身後散場的人群都在看著我們。

「蝴蝶其實很醜,你拿放大鏡看一看就知道了。」勃起搔搔頭:「你敢親一隻超大隻的蝴蝶嗎?」

我不敢。

所以我只好忿恨地踢了身邊的垃圾桶一下。

自從高一上學期開始,我跟秀媚就變成男女朋友了,從此我就在眾人質疑與非議的眼光中展開我的投資計畫,這個過程殘忍地考驗我的耐力跟對生命的熱愛,如果我對人生的光明面不再有期待,我恐怕早自殺了。幸虧秀媚是個善良的女孩,要不然我真不知道如何說服自己持續加碼投資。

我相信，秀娟一定會像恐龍一樣，慢慢演化成用兩隻腳走路的原始人的。

電梯門再度打開，我跟勃起趕緊站了進去，兩人縮在最角落。

下次挑這麼熱門的電影看，一定要選個冷門的時間，不然不但座位糟糕，人擠人也很糟糕。

但我知道勃起一定不會這麼想，因爲他勃起了。

勃起的褲子隆起高高的一塊，不偏不倚、昂然而立、正好對準了站在勃起前面的長髮美女，那長髮美女的脂粉味很重，鮮紅的唇膏、墨綠的眼影、還有黑溜溜的假睫毛，很貼勃起的品味。

長髮美女瞪著勃起高聳的褲襠，想撇過頭假裝沒看見，但電梯實在太窄小全塞滿了人，所以要忽視一條距離只有五公分不到的東西實在太困難，一不小心就會被戳到，所以長髮美女用一種很難看的表情專注地瞪著勃起。

「喂！」我用手指彈了勃起的屁股一下，警告他收斂一點。

勃起無奈地聳聳肩，愧疚地低下頭來。沒法子，勃起就有這個壞毛病，他總是在任何情況下勃起。

升旗唱國歌時，司儀輪到孝班那個長得漂亮一點的黃文姿擔任時，他就勃起。

補習班上課，勃起坐在那個髮香在一公里之內都可以聞到的李繽芬後面，他就勃起。

上生物課，看Discovery探索頻道的袋鼠交配，他就勃起。

我嚴重懷疑，班上所有的女同學都被勃起意淫過了，因爲勃起連看顯微鏡底下阿米巴原蟲無性生殖分裂時，褲子都會凸起來。這一定是陰陽眼的副作用，一種叫「不舉起來就會死掉」的病。

長髮美女的腰上，有一隻叼著香菸的大手，大手的主人皺著眉頭看著頭低低的勃起，他理著小平頭，叼著香菸的手腕上還露出青藍色的龍爪刺青。

我看那刺青男人就快要發作的時候，電梯突然咚一聲停住，然後天花板上的燈就滅了，只剩下紅色的警示燈微弱地亮著。

電梯故障了。

一群陌生人就這麼被困在窄小的空間裡，共同呼吸著那男人手裡髒不溜丟的菸味，但那刺青男人似乎一點也沒有意思將菸熄掉。

我看了看勃起，示意他最好趁機用力深呼吸，將那條東西給弄軟，但勃起遺憾地搖搖頭，看樣子他的小鳥是無可救藥地石化了。

幸好電梯及時故障，那刺青男人跟長髮美女都無暇理會勃起的無禮，所有的人都忙著皺眉頭、跟假裝對故障的電梯毫不在意。

兩個穿著彰化女中黑白制服的高中女生摀住鼻子，窩在電梯的號碼按鈕旁，皺著眉頭表示對菸味的厭惡。

一個穿著西裝筆挺的中年禿頭男子，沉默地站在長髮女子旁，皺著眉頭看著手錶，其實他的眼睛正往下偷瞄著長髮女子的乳溝。

三個國中生模樣的少年開始低聲咒罵這爛電梯，還有一個不知道性別的人自顧自地在角落嚼著口香糖，然後趁著燈光晦暗將口香糖渣黏在其中一個國中生的頭髮上。真是陰沉的傢伙。

「怎麼回事啊？」我納悶著，那刺青男人依舊抽著菸眞令人討厭。

一個彰女學生研究著電梯裡的求救鈴，她緊張地按了下去，但什麼事也沒有發生，另一個彰女學生的表情有些難看，一邊埋怨一邊按下緊急通話鈕，但什麼反應也沒有。

這個電梯死當了！我們只能依靠別人發現故障的電梯然後救我們出去，偏偏電梯裡又擠又臭。

「我們會不會死在這裡啊？」勃起突然開口，他的聲音並不大，但每個人都聽得清清楚楚，刺青男子嘲笑似地看了勃起一眼，將長髮美女摟得更緊些。

「我們在三樓……如果纜繩斷掉了，我們全都會摔成肉醬的。」勃起憂心忡忡地說，這些話眞是無知到極點，電梯不過是故障了，關纜繩屁事啊？

一個國中生，就是那個頭髮被偷偷黏上口香糖渣的國中生，忍不住看著憂愁的勃起笑了出來。

「說不定恐怖份子已經控制了整棟樓，馬上就要切斷纜線了！」勃起激動地說，完全不顧電梯裡的其他人。

「會不會太誇張了？」那個性別不清不楚的人看著鞋子低聲說道。

「你幹過嗎？」勃起壓低嗓子，但所有人都聽得清清楚楚。

「啊？」那性別混亂的人歪著頭，無法理解勃起話中的意思。

「幹過嗎？」勃起突然搖起腰來，好像袋鼠交配時的模樣。

我的天，我眞想逃出這個電梯。

勃起的腦子不正常我知道，但我沒想到勃起的腦子壞得那麼嚴重。陰陽眼眞的是不能得的病，一旦得了，副作用麻煩得不得了。勃起就是因爲太神經兮兮，所以才會一直被欺負，他被哈棒老大塞進可燃類垃圾桶裡的次數不計其數，比班上的任何人都還要多。不過勃起倒是處之泰然，他覺得跟哈棒同班是他求學過程中最愉快的部分，只因爲以前班上所有的同學中只有他一個人整天被壞學生欺負，但在哈棒的班級裡，所有的人都活在死亡的恐懼邊緣。

勃起覺得很公平，讓他覺得自己不那麼可憐。

「如果沒幹過，那麼等一下死掉的話不就沒得挽救了？」勃起懊喪地說。

「不要亂說話好不好？」一個彰女學生沒好氣說道，但那性別不明的人顯然陷入了沉思。

「妳才高中生，我也才高中生，等一下纜繩斷掉了大家的肉都會摔爛掉，妳一塊我一塊地黏在一起，到時候還分什麼彼此？實在是……(A)大小通吃，(B)魚肉鄉民，

(C)骨肉相黏……應該是(C)吧？不過好像是『連』不是『黏』？」勃起難過地說，電梯還真的晃了一下，所有人都嚇了一跳。

那中年男子倘促地說：「拉開門好了。」說著便要去拉開電梯的門，但電梯門文風不動，一旁的三個國中生居然開始興奮地討論，回家後應該怎麼跟爸爸媽媽炫耀今天被困在電梯這件事。

「先生，可以請你暫時不要抽菸好嗎？」另一個彰女學生臭著臉說。

刺青男子冷笑，將香菸拿給長髮美女抽，然後從口袋裡拿出第二根菸點燃，他顯然是個故意惹人討厭的傢伙。

「先生，你知不知道電梯是公共場所？」那彰女學生義正辭嚴地說。

那刺青男子正要開口回嘴，勃起便搶一步先爆炸了。

「小姐，可不可以給我幹一下？」勃起看著正在抽菸的長髮美女問。那美女原本正忙著冷笑看著那彰女學生的，但勃起突然的胡說八道，讓長髮美女臉上的濃妝僵硬、手中的菸掉了下去，連那刺青男子的嘴也張得大大的。

「也許我們等一下就會死了，對了，啊，妳有沒有想過世界末日來臨時，如果妳還有五分鐘的時間，妳會做什麼？」勃起沒頭沒腦地說，站在一旁的我只想一頭撞死。

電梯裡一片靜默。

「背單字？」第一個彰女學生想了想。

「背完了也沒時間考試啊！」第二個彰女學生鄙夷地看著她的同學。

「那該做什麼？」第一個彰女學生在煙霧中瞇著眼睛。

「也許該幹一下。」勃起鼓舞道，但語氣還是很悲傷。

「打電話回家跟老婆說幾句話。」中年禿頭男子感性地說。

「平常有這麼多話嗎？」我忍不住說。

「爲什麼世界末日會只剩下五分鐘？而不是半小時還是一天？」第一個彰女學生舉手發問。

「悲傷的事總是來得突然啊！」勃起嘆了一口氣。

我抱著腦袋怪叫，我的天！爲什麼我跟勃起能夠成爲好朋友？

「如果從電梯停止開始算起，我們只剩下兩分鐘。」禿頭的中年男子看著手錶。

「如果有人不抽菸的話，氧氣會消耗得慢點。」第二個彰女學生毫不懼怕地瞪著刺青男子，刺青男子嘿嘿嘿地吐著煙圈。

三個國中生面面相覷，不曉得該不該舉手發言加入這個話題，此時電梯居然很點題地又晃了一下。

「你有沒有聽見電梯上面有鋸子在鋸纜繩的聲音？」勃起小聲說道，我仔細聆聽，卻只聽見那刺青男人瞪著勃起說道：「從剛剛你就一直在胡說八道什麼？找死嗎？」

「要不要賭，是你先打死我，還是電梯先掉下去，大家一起死掉。」勃起拿出一個十元硬幣放掌心，輕輕丟上後又接住：「正面是我先被打死，反面是大家一起死掉。正面反面？」

「反面。」性別不明的人托著下巴沉吟著。

「幹嘛跟他猜！還猜反面！」刺青男子罵道，將勃起手中的硬幣拍掉，舉起手來佯裝作勢要揍勃起。

「你看過鍊鋸星人嗎？就是身體由電鋸作成的外星人，腦袋上有兩個圓形的開關那個。他們雖然善良，但缺點是太喜歡鋸電梯了，聽比克說，去年光太陽系就有一萬台電梯纜繩被他們鋸斷。」勃起盯著電梯矮矮的天花板，說：「也許現在他們就在上面。」

勃起抬起頭來，褲襠裡的大砲高高正對著長髮美女，長髮美女嫌惡地看著勃起，我想她就算在世界末日來臨前想幹一炮，也不會選擇勃起的。

此時電梯裡的燈突然亮了，門也打開了。是一樓。

電梯裡的人錯愕地看了彼此一眼，然後三個國中生爭先恐後地衝了出去，兩個彰女學生也摀著鼻子快步離去，性別不明的人低著頭從角落鑽出，而禿頭中年男子咳了兩聲後，看著錶若無其事地走開。我架著勃起頭也不回地踏出電梯，遠離喜歡抽菸的男女。

「可惜！剛剛差點就幹到那個女的！」勃起亂罵道。

「幹得到才怪。」我用力拍了勃起的腦袋一下。

後來我還是讓勃起躲到我家過了一夜，畢竟野放精神失常的勃起一個人在街上暴走實在是太過凶險。我很慶幸這麼做，因為三天後勃起就失蹤了。*

他失蹤得很徹底，整整有半年沒有人在任何地方看過勃起，我的生活也少了很多該死的荒唐笑料；在哈棒老大沒有掛掉勃起的情況下，我猜想他會不會就是肥婆預言的那個倒楣的朋友，被外星人抓去的那個？

也許，那又是另一個故事了。

＊勃起失蹤的故事，請看九把刀「都市恐怖病」系列《恐懼炸彈》。

釣水鬼

大學一年級的暑假，參加完王國的婚禮後，我們便興匆匆地在哈棒老大的帶領下跑到澎湖玩幾天，第一次坐飛機的我感覺非常刺激與驚險，因爲機長是哈棒老大爸爸的朋友，所以從台中水楠機場出發到澎湖馬公的過程中，都是哈棒老大開的飛機。

那次去的人有哈棒、王國、楊巔峰、謝佳芸、廖國鈞、肚蟲，還有我。

這次故事的標題，就是發生在我們剛剛到澎湖的第一天，那天我們驅船來到吉貝島。

「對不起，請問浮潛的船什麼時候開？」我問一個在碼頭打盹的船伕。

「年輕人！黃昏了耶，要漲潮了啦！等明天早一點我再帶你們去喔！」船伕興高采烈地遞上名片，然後問了我們下榻的旅館。

我也知道黃昏根本不適合浮潛，但問題出在哈棒。哈棒老大立刻就要浮潛，誰都不能打斷他的興頭。

「沒辦法啦！我們一定要浮潛，錢一毛也不會少給你啦！」我笑著。

「不行啦！很危險咧！出事了誰負責啊！明天找我，我算你們便宜一點啦，哈哈！」那船伕哈哈大笑，然後就昏死過去。

哈棒老大丟掉手中的木棍，指著船伕綁在岸邊的小艇說：「走吧，夏天是不等人的。」

毫無疑問地，看見船伕躺在沙灘上酣睡的模樣後，大家都飛快上了小艇。誰都不願意客死在這個小島上。

小艇在哈棒的駕駛下險象環生，我們在翻滾的浪裡毫無目標地朝夕陽前進，直到哈棒覺得滿意了，我們才在四顧無人的海面中停了下來。

這裡是哪裡？

這個問題大家都想問，可是沒有人想被丟進海裡。

王國身體虛弱，小艇才剛剛停下來，他便抓著欄杆猛吐，謝佳芸也摸著肚子蹲在楊巔峰旁邊，眉頭皺得高高的。

「浮潛吧。」哈棒老大微笑，將救生衣和蛙鏡丟給大家。

哈棒老大還是有良心的，我本來以爲我們要赤身裸體跳下水的。

但風浪眞的很大，一望無際的海面，儘管在夕陽的看顧下波光蕩漾，但馬上就要入夜了，所有人，除了哈棒，都知道現在最好不要下水。

「有點冷呢。」我苦笑，已經換好衣服。

楊巔峰牽著女友謝佳芸先跳下水去，在小艇附近慢慢適應水性，而王國跟我在哈棒周圍游來游去，肚蟲跟廖國鈞的水性較好，兩人一下水便往深處潛去，我帶著蛙鏡觀察水底，但天色開始轉黑，所以水底視線不佳，只看到幾隻乾乾瘦瘦又黑黑的小魚心不甘情不願地在底下游過，漂亮的熱帶魚什麼鬼都沒看到。

「好像沒什麼fish呢！」廖國鈞浮出水面，向哈棒報告水底的情況。

廖國鈞是個混血兒，爸爸是美國黑人，媽媽是台灣人，所以他的皮膚又黑又粗，體格高大，國中時還是個亞運銅牌游泳選手，是個具有假性憨厚的角色。他後來跟哈棒唸同一所大學認識的，據說大一開學沒多久，哈棒就拿著機車的大鎖把不斷騷擾廖國鈞的前任女友送進了醫院，所以廖國鈞一直很服哈棒。

「的確沒什麼魚哩！」肚蟲也浮出水面。

肚蟲很肥，是廖國鈞從國中就在一起的死黨，他有非常厲害的特異功能，就是在上課時滿不在乎地大便，而且在大家議論紛紛的時候，還能面不改色地舉手發言、跟臉色難看的同學小組討論，甚至下課時也不願去廁所把褲子洗一洗，就這麼撐到哈棒發狂揍他爲止。

而現在，哈棒聽見沒有魚，臉色變得很難看。

「沒有魚也沒關係啊，游來游去就很好玩的！」王國一邊大笑，一邊用力將穢物吐在大海裡。

「不好玩。」哈棒說。

這下死定了。

「上船吧。」哈棒說，於是大家都爬上了船，不知道哈棒又要搞什麼鬼。

哈棒沒有多說什麼，拿出小艇上的零食跟汽水，大家就在逐漸轉涼的天氣中、坐在甲板上吃著晚餐。

「我們玩個遊戲好了。」哈棒老大道。

「什麼遊戲？」王國抱著毯子說道。

「釣水鬼。」哈棒愉快地說。

釣水鬼？這遊戲聽起來怪陰森的！

謝佳芸害怕地抱住楊巔峰，楊巔峰安慰地拍著謝佳芸的背，水性極佳的廖國鈞反而興致高昂地說：「釣water鬼？water鬼要怎麼釣啊？」

「用人釣。」哈棒頗有興味地說，小艇上頓時颳起一陣陰風。

「這個有interesting！」廖國鈞擊掌大叫，無視其他人臉上的愁雲慘霧。

「用誰釣？」我呆呆說道。

「幸運輪盤。」哈棒很快地說。

我就知道是幸運輪盤！哪一次不是用幸運輪盤？

「決定who後，又要怎麼play啊！」廖國鈞這死沒大腦的笨蛋興奮地說。

「我們用繩子綁住一個人，把他丟進海裡面當餌，水鬼看見了就會游過來抓他，然後我們把那個人拉上來，就可以釣到水鬼了。」哈棒簡單說完，一陣冷颼颼的陰風又吹過我的髮際。

「可是，這個世界上眞的有水鬼嗎？」王國摸摸頭傻傻說道，他還搞不清楚狀沉。重點不是有沒有水鬼可以釣，重點是這個危險的遊戲非玩不可，而且當餌的人非常可憐。

「有。」廖國鈞斬釘截鐵說道：「我國中時一個游泳隊的好friend，就曾被water鬼拖到河裡的漩渦裡，後來we合力把他救上岸後，他發誓剛剛有隻hand非常用力地抓著他的leg，讓他完全can't 抵抗。」

「假的吧？」我冷笑。

「眞的。」肚蟲以認眞的表情附和道：「當時我也在場，他的腳脛上有五個深黑色的抓痕，眞的非常恐怖，後來他媽媽帶他去收驚時，那個收驚的阿婆還說他的後面跟著一個水鬼，死纏著他呢！」

我的媽呀！我聽了簡直快尿褲子了。

「老大……我看還是玩別的好了……」楊巔峰忍不住說道，這樣大膽的發言已經嚴重違反他的個性，可見楊巔峰是眞的怕到了。

「好啊！」哈棒爽快地說。

現場差點沒響起一陣歡呼。

「那我們來玩大尋寶。」哈棒陰沉著臉，拿出六個一塊錢的硬幣，說：「我把六塊錢丟進海裡，誰找到了就可以上來，限時半小時，半小時過後我就把小艇開走，你們自己游上岸。」

「好！」楊巔峰回答得更爽快，令我大吃一驚。

這尋寶遊戲根本是自殺啊！玩釣水鬼至少還有條生路，參加那個餌的喪禮也就是了，幹什麼要在海裡找根本沒法子找到的硬幣？連水性一級棒的廖國鈞都露出震驚的表情。

哈棒點點頭，愉快地拿起硬幣，用不知道從哪裡生出來的麥克筆在硬幣上面寫字，楊巔峰看了，原本自信滿滿的臉色頓時黑了一片。

「老大，我看釣水鬼比較刺激有趣，突然間我又想玩了說！」楊巔峰拍手大喝。

馬的，原來這小子剛剛打的算盤是潛進海裡後，用自己的一元硬幣魚目混珠騙老大！

「到底是要玩釣水鬼還是大尋寶？」哈棒老大不耐地說。

「釣水鬼！」所有人異口同聲大叫。

是的，我們要釣水鬼了。

哈棒老大站了起來，所有人都戰戰兢兢地等待幸運輪盤的轉動。

「幸──運──幸──運──誰──幸──運──」哈棒的手指在空中畫著圈圈，順著他口中的唸唸有辭，手指在每個人的頭上快速掠過，我默默祈禱幸運的手指不要停在我的頭上。

其實大家都知道，幸運輪盤根本就是哈棒個人的意志，跟最後一個字應該打住的位置毫無關連。

最後，哈棒老大的手指停在肚蟲的頭頂上，肚蟲還來不及昏倒，其他人全都樂得跳起來狂歡：「釣水鬼囉！」

於是大家興高采烈地將麻繩牢牢地綁在幾乎昏厥的肚蟲身上，手忙腳亂地，大家的心裡都很高興要被丟下海的餌不是自己，但瞧在肚蟲除了亂大便之外跟大家處得還不錯的份上，綁在他身上的死結非常結實。

「老大……如果我釣不到水鬼……那……那怎麼辦？」肚蟲幾乎要哭了。

「一定釣得到的。」哈棒微笑：「如果釣不到其他的水鬼，等到你掛了，把你拉上船，也算是釣到一條水鬼。」

王國聽了噗嗤一笑，廖國鈞溫言安慰面如死灰的肚蟲說：「老大開玩笑的，你快

die的時候我會 jump 下去救你的。」

「那你代替我下去好不好？」肚蟲哭道。

「Of course 不要。」廖國鈞笑笑。

「老大！我要下去多久？」肚蟲擠出一個笑臉。

「釣到水鬼爲止。」哈棒認眞地說道，拿出一把小刀放在肚蟲的手裡，說：「看到水鬼的時候，別讓他逃了！」

於是，我們用力把肚蟲丟下海，在哈棒老大催促肚蟲游遠一點比較可能釣到水鬼時，我跟王國開始討論奠儀應該怎麼包。

「我媽說感情一般的朋友包一千一就可以了。」王國說。

「但肚蟲可以說是死在我們眼前的，應該包多一點吧？」我說，雖然我也不想包這麼多錢。

「不然大家合包一個吧？」楊巔峰插嘴道。

「好啊。」廖國鈞同意。

這下子肚蟲有死無生了。

夕陽很快就不見了，海面上颳起了黑風，肚蟲才被拋進海裡十分鐘就在那邊哀哀叫，眞不像男孩子。

「救命啊！我好冷啊！」肚蟲載沉載浮地怪叫，我拿著手電筒照著他的臉，眞夠慘白的了。

「冷是正常的，鬼出現的時候都是這樣的。」王國坐在甲板上幽幽說道。

「我的屁股上面有熱熱的東西！是水鬼！快把我拉上去！」肚蟲尖叫。

「那是你的大便！」我大叫。

接下來的半小時，我們一行人就在小艇上打牌打發釣水鬼的時間，我這才知道釣魚有多麼無聊，特別是夜釣，黑壓壓的什麼也瞧不清楚，還要聽餌在那邊一直哭吆，眞是夠沒勁的。

「馬的，釣那麼久什麼動靜都沒有。」哈棒老大不是很爽，希望他快點感到無趣，然後拉起肚蟲大家回旅館舒舒服服睡上一覺。

「不知道是不是肚蟲不是個好餌？不然怎麼可能釣不到水鬼？」哈棒老大自言自語，我的背脊急速發冷。

「肚蟲是我看過適合釣水鬼的料，相信我。」楊巔峰信誓旦旦地說。

「不如這樣吧，既然是釣水鬼，大家就抽鬼牌決定吧！」哈棒老大突然將大家手中的牌收起來，將兩張鬼牌放進去後洗牌，然後將五十四張牌放在大家面前。

「一張一張抽，誰抽到鬼牌就下去當餌。」哈棒似乎很滿意自己的想法。

「可是老大……鬼牌有兩張啊！」謝佳芸的眼眶泛紅。

「兩個餌釣起來比較快，釣兩隻賣更多錢。」哈棒笑笑，我立刻吐了出來。

「天啊！水鬼釣起來可以賣給誰啊！」王國疑惑。

「賣給你媽。」哈棒老大愉快地說。

是的，王國的媽媽一定會用高價買下水鬼的。

於是，大家一邊哭著一邊抽牌，勇敢如我也不禁尿濕了褲子。

「哇哈哈哈哈哈！」廖國鈞翻開牌，是紅心八，高興地鬼吼。

「我就知道不是我！黑桃K！」楊巔峰掀開牌，激動地拍著甲板。

「各位觀眾！梅花七！」王國神氣活現地大笑。

「好險！哈哈哈哈哈！」我拿著梅花三笑得在地上打滾。

「謝天謝地！」謝佳芸吐吐舌頭，又微笑擦擦眼淚。

等等。

「妳給我開牌。」哈棒老大瞪著謝佳芸。

謝佳芸的臉只能用槁木死灰來形容。她看了牌一眼後，根本沒把牌打開就在那邊微笑擦眼淚。

「給我開牌。」哈棒的眼神銳利地戳進謝佳芸的心裡，謝佳芸哇一聲大哭，跪倒在哈棒面前，精神完全崩潰。

「綁起來。」哈棒掀開謝佳芸手中緊握的鬼牌，冷冷說道。

楊巔峰露出扭曲的臉色，他不知道該不該代替謝佳芸下水，還是用力地安慰謝佳芸其實早點投胎也有早點投胎的好處；王國搖頭嘆氣，卻開始尋找另一條繩子。

淹在水裡的肚蟲一直很專注地聆聽我們的決議，他簡直不能相信自己的好運，大吼：「謝佳芸妳給我下來！妳以為女生了不起啊！哈哈哈哈哈！哈哈哈哈哈！」

「老大！求求你不要把我丟下去！」謝佳芸哭得在地上打滾。

「勇敢一點，看到水鬼不要讓他給跑了。」哈棒拿著一根桿麵棍放在謝佳芸的手裡，謝佳芸快要口吐白沫了。

就在謝佳芸即將被五花大綁的同時，肚蟲突然殺豬似地大叫：「水鬼！」

「眞的釣到水鬼了？」廖國鈞的眼睛綻放出光芒，趕緊拉著綁在肚蟲身上的粗繩，哈棒也露出難得的興奮表情，摩拳擦掌地在一旁指揮著我們。

「快！我快被拉下去了！哇！」肚蟲沉下水裡，兩隻手露出水面掙扎著，好像眞的有水鬼抓住他似地。

「不會是演戲吧？」我大叫，雖然心裡還是很興奮，手裡用力地拉著。

「怎麼可能！他這個大便豬恨不得我下去替換他！」謝佳芸嘶吼著，賣力地拉著粗繩，她比任何人都希望釣到水鬼。

繩子繫住笨重的肚蟲，但眞的比想像中要重多了，也許眞的釣到了水鬼？我不禁打了個冷顫。

「有夠誇張的。」王國不能置信道，他的手也在顫抖。

肚蟲的臉突然露出水面，臉色蒼白地驚呼：「救命啊！水鬼——哇……」

「我看到手了！」楊巔峰大叫，我也看到了。

就在肚蟲探出水面的剎那，我瞧見一隻綠色的手死抓著肚蟲的脖子，我的媽呀！等一下子把水鬼釣出來後，除了嚇到尿褲子外，應該怎麼做？

應該跟他道歉嗎？

還是拿什麼東西把他裝起來？

還是……還是……我的腦袋一片空白，只是一味地用力拉著粗繩。

「幹！快拉！」哈棒大吼，腳下踩著裝著零食的木箱。那木箱顯然是哈棒想囚禁水鬼的地方。

「老大！要是木箱裝不下該怎麼辦？」一向聰明的楊巔峰也慌了手腳，眼看就快要將肚蟲跟水鬼拉上船來。

「打暈了綁起來！」哈棒高興地大叫。

就在此時，肚蟲被我們拉上船來，果然一個全身綠色的水鬼像背後靈一樣死勾著肚蟲的脖子，我們全都尖叫跳開，我的媽呀！活生生的一條水鬼啊！

當然，哈棒能夠當我們的老大，真的有他過人之處！

哈棒幾乎沒有遲疑，一個箭步衝上前，一腳往水鬼垂得低低的臉上踹了下去，那水鬼依舊緊緊地勾著肚蟲的脖子，眞是陰魂不散。

「幹！」哈棒老大生氣地一拳毆向水鬼的臉，那水鬼抵受不住，哇的一聲離開昏厥的肚蟲，然後哈棒便施展他拿手的過肩摔。

「碰！」

那水鬼被哈棒老大強大的過肩摔摔倒在甲板上，然後哈棒老大躍上半空，給他一記從天而降的肘擊！

「哇！」

那水鬼慘叫一聲，嘴裡吐出好多海水。

然後我們終於看清楚，那水鬼其實是個人啊！

那個很像水鬼的人被哈棒強力的肘擊轟了個清醒，痛苦地趴著大吐海水，顯然，他多半是個倒楣被海水沖走的釣客、或是偷渡落海的可憐蟲；他穿著長袖運動衣，還有一件黑色牛仔褲，身上掛滿水草，頭髮蓋住大部分的臉，吐個不停。

「喂，你是人吧？」楊巔峰蹲了下來，研究這個落海者。

落海者點點頭，然後又繼續大吐特吐。

「老大，怎麼處理啊？」我問，那落海者夠可憐的了，現在問他怎麼落海的根本不可能，他不知道在海上漂流了多久，更可能很久都沒有吃東西了。不過他也眞夠幸運的，居然能夠碰上一群熱愛釣水鬼的青年朋友，陰錯陽差地將他救了起來。

「帶走吧。」哈棒老大顯得意興闌珊，說：「等他想起自己名字的時候，記下來，他的人生大家都有份。」

大家一陣歡呼後，哈棒便開著小艇到了岸上，後來我們才知道我們居然沒有抵達吉貝島，而是又回到了馬公。不過這沒什麼好嫌的，能夠安全靠岸已經是千幸萬幸。

那個落海者的名字叫張綏貴，也算是釣到了水鬼，眞是冥冥中自有天意；張綏貴年紀不小了，三十好幾，在一所國中擔任工友，但他居然幼稚到跟一群國中生打賭敢不敢從吉貝島游泳游到馬公，然後居然又笨到忘記脫衣服下水，能夠在昏迷之餘被我們釣了起來，眞是不可思議的幸運。

隔天張綏貴很感激地請我們吃了頓大餐，然後我們接受了他的建議，立刻在馬公找了家家庭式的宮廟，爲胡言亂語的肚蟲收驚。

吳老師的數學課

我們國三的導師是個鬈髮人，顧名思義就是個鬈髮的人，他胖胖呆呆的，還有一撇鬍子長在鼻子下面，長得很像吳孟達，所以不管他姓王，我們都叫他吳老師，他雖然無奈但也沒辦法，就這樣一直被我們叫吳老師到畢業，後來辦公室的其他老師也被我們搞糊塗了，竟然也開始喊他吳老師，所以當他把自己的小孩取作王清文的時候，所有人都嚇了一跳。

吳老師教的是數學，不過他自己在開學第一堂課的自我介紹就說了：「其實我大學唸的是國文，雖然唸不好但也好歹唸到畢業，不過剛剛校長跟我說，現在學校缺數學老師，所以叫我暫時帶一下國中數學，我想說算了，我能有什麼辦法？所以我就教你們數學吧。」

他說到這裡的時候，全班都張大了嘴巴。

這傢伙在胡說八道個什麼啊？

「不過我剛剛翻了一下國三數學的課本，發現我都不會，這下可麻煩了，我應該從國一數學開始教起的，可是我能有什麼辦法？所以大家打開課本，班長是誰？」

吳老師說著令人目瞪口呆的鬼話，全班同學的下巴都快掉下去了。

哈棒是班長，但他當然不必舉手，甚至不需要醒來，所有人都用眼神看著躺在牛皮董事長椅上的哈棒，吳老師立刻知道班長是誰。

「那個誰叫一下班長起來，班長唸一段課本吧。」吳老師搔搔頭。

「老師！」楊巔峰舉手。

「幹嘛？」吳老師。

「叫值日生唸吧。」楊巔峰爲了顧全大局，做了睿智的建議。

「好吧，我能有什麼辦法？」吳老師聳聳肩。

國三的第一堂數學課，就在值日生唸數學課本的詭異情境下結束了。

你能想像這種荒謬的情節嗎？我必須承認我的數學不太行，所以遇到這種「唸數學課本上課」的情形，我不僅是震驚，還差點無法自制地在課堂上拉尿……我什麼都聽不懂，連三角函數的公式都是唸一遍就結束，我不禁開始爲國家的數理教育擔心起來，亡國指日可待。

我擦擦眼淚往旁邊一看，幾乎所有人都在做自己的事，老大的位子空空的，大概是去巡邏校園了，肥婆織著毛衣，楊巔峰正在跟謝佳芸下跳棋，林才佑正在底下看黃色畫報，林千富正在偷偷踢毽子，塔塔乾脆一個人在角落跳起跳繩（不過她情況特殊啦，她下禮拜就要比賽了）。

只有王國津津有味地跟著值日生唸的課文搖頭晃腦，默默地唸誦著。他眞是這種教學法的唯一受惠者。

就這樣過了一個星期，我們班上的數學進度明顯超越其他班級，距離期中考還有一個半月，我們卻已將考試範圍「全、都、唸、完、了」，吳老師對這點感到很欣慰，依然在課堂上看他的國一數學課本。

不過有個人無法忍受這樣的情況。

就在第二個禮拜的數學誦經課上，兩個值日生依舊輪流唸著數學課本上的練習題時……

「老師！」好學生林俊宏舉手。

「幹嘛？」吳老師抬起頭來，看著用功向上的好學生林俊宏。

「老師，我覺得這種教法吸收不到什麼東西。」林俊宏勇敢地站了起來，說：

「我覺得應該從基本的地方開始講解，不然只是唸過去一遍，根本不知道這些公式是怎麼來的。」

吳老師點點頭，表示同意。

「好吧，各位同學，我能有什麼辦法？大家翻到第一頁，我們從最基本的開始講解。」吳老師搔搔頭。

接下來，吳老師花了一個小時講解作者生平，也就是國立編輯館的歷史，我發覺自己的拳頭漸漸握緊，一股怒氣快要爆炸。

然後，吳老師清清喉嚨，又講到三角函數的由來以及三角函數的重要性。

「這個三角函數基本上是由兩個字詞所組成的，三角既然是形容詞，所以函數就不得不是個名詞，如果要學習三角函數，就必須了解它的重要性，是不是？說到三角函數就不得不提提三角形了，大家只要想想，這個世界上如果沒有三角形，那會有什麼樣的影響？不方便吧！還有沒有同學要說說三角形的重要？」吳老師很快就不知道該說什麼，只好胡言亂語。

台下一片靜默，除了五十幾隻拳頭同時捏緊的吱吱響。

「加分喔。」吳老師聳聳肩，拿出點名簿。

王國興奮地舉手。

「說。」吳老師的表情大受振奮。

「沒有三角形的話，就沒有三角板了！」王國說。

「很好，期末加一分。還有沒有？」吳老師很滿意，在點名簿上做了記號。

王國又舉手，右手像升旗一樣舉得好高。

「沒有三角形的話，我們只能穿四角褲了！」王國說。

「很好，期末又加一分。還有沒有？」吳老師連連點頭，自我附和地笑笑。

好好的兩堂課，就在這種狗屁不通的你問我答中度過了，我瞥了提出建議的林俊宏一眼，他氣得全身顫抖，臉色發白。

期末考前一個禮拜，終於有家長打電話到吳老師家抗議他教學太過隨便——其實這些家長要是來旁聽，大概會氣到丟鞋子——吳老師只好在課堂上宣布來個考前加強。

「昨天有家長打電話給我，說要我嚴格一點……我能有什麼辦法？唸書除了靠老師上課教，大家回家也要自己作練習題啊，唸書是唸給自己的，大家一定要記住啊！現在我們來個考前集體加強，值日生坐下，我們全班同學一起從第一頁開始唸起，我們三天之內把課文好好再複習一遍，這樣考試就沒問題了。」吳老師無可奈何地說。

於是，我們齊聲朗讀課本，每個人都唸得非常大聲，聲音中充滿了憤怒與怨恨，我們愈唸愈大聲，到最後幾乎都用吼的，希望全校其他班級都能注意到我們所受的委屈。但吳老師顯然很滿意我們這種聲勢浩大的課文朗讀，不停地聳肩嘉許。

期中考前兩天，我們看見隔壁班正在作考前複習卷，不禁緊張了起來，有在高昭南補習班補習的林俊宏自告奮勇在放學後留在教室裡，替所有人舉行考前衝刺，一題一題講解，每個公式的來由都盡力說得清清楚楚，我也勉強背了幾個公式的推導，希望可以矇個三、四十分。

期中考終於到了，考完了國文跟歷史後，我們全部都籠罩在愁雲慘霧之中，卻也有一股期待報復的心態在作祟：如果我們考得很糟，吳老師一定會被叫去校長室海削一頓。

來我們班監考的是隔壁班的數學老師，他用一種近乎恥笑的表情在台上掃視全班，似乎在說：「你們這種白癡班級配上那種白癡老師，這次鐵定考出特白癡的成績。」

有的人開始掩面啜泣，有的人已經準備好作弊的網絡，只有哈棒老大像往常一樣老神在在，將考卷一古腦交給楊巔峰後就去走廊上蹓躂，一個人玩起丟書包的遊戲——老大會將堆在走廊上的書包隨性往樓下丟，特別是樓下有學生在走路的時候。

隔壁班的數學老師打開密封的牛皮紙袋，拿出考卷發了下去後，只見他拿了一張考卷坐在講台上，臉色漸漸發青。

隨後，我感覺到坐在前面的許欣渝的背傳來不可遏抑的震動。

發神經啊？我低頭看了看考卷。

精誠中學第一次數學段考考卷，滿分以一百分計算

姓名：　　　　學號：

一·填充題（每格五分，共二十分）

1.三角函數中的三角形共有（　）個角，（　）個邊。

2.我認爲三角函數的三角是（　）詞，函數是（　）詞。

二·簡答題（每題十分，共三十分）

1.請問三角函數的作者是誰？請簡略介紹作者生平及其成就。

2.請問三角函數有哪些重要性？請舉出五個例子並解釋之。

3.提出你最喜歡的三角形（如正三角形、直角三角形、等腰三角形等），並詳述原因。

三·詳答題（共四十分）

請默寫出數學課本中你最難忘的兩頁。（一頁二十分）

看完了這份分數加起來最多也不過九十分的數學考卷，我發覺我的眼眶裡充滿了莫名其妙的淚水，那是一種感動，也是一種抽搐。

「王八蛋！這一定是你們老師出的鬼題目！」隔壁班老師突然歇斯底里咆哮。但一種奇妙的情感，已經透過考卷無聲地將我們連結在一起。

「不許你污辱吳老師！」楊巔峰憤怒地拍著桌子。

「你怎麼可以說我們吳老師的壞話！」王國更是義憤塡膺。

全班紛紛鼓譟起來，不停地拍打桌子，這時隔壁班數學老師突然瞥見哈棒老大的牛皮董事長椅子，想起熱愛生命的重要，於是死灰著臉坐下。

大家也靜了下來，全神灌注在考試作答上。

一陣興高采烈地振筆疾書後，每個人的考卷都寫得滿滿的，我自然也不例外。

後來公布考試成績的結果，只有我們班的數學成績平均起來是及格的，而且是高達八十七分的超高分（滿分因爲吳老師計算錯誤，變成只有九十分），我們因此對吳老師推崇備至。

他不改謙虛的作風，只是聳聳肩：「這次經費不足，出考卷沒有教師補貼，所以沒老師肯出，校長硬是請我幫忙，我能有什麼辦法？」

國三上結束的時候，王國因爲「你問我答」被加了一缸的分數，學業成績裡的數學一欄是罕有的滿分，他媽高興死了，連我也拿了八十六分。

後來關於吳老師種種不可思議的事蹟，就留待我慢慢聊吧；附帶一提，吳老師可是少有沒被哈棒老大拳頭威脅過的老師，說起來，他那種「要不，我只好躺在地上讓你踩過去」的個性還是很有韌性的。

王國的媽媽

每次我們一行人跟哈棒老大出去玩，負責照相的總是王國。

「爲什麼總是我？」王國自怨自艾的時候，我就會拿起相機，叫他擺個姿勢。

王國總是被迫拍獨照，他一個人愛怎麼照就怎麼照，老大也由他。

這話要從國中畢業時全班一起拍畢業合照的三天後說起。

□

那一天數學課，我們背完了數學課本最後幾頁後，吳老師面色凝重地站在講台上，拿著一只大牛皮紙袋，厚厚沉沉的，清了清喉嚨。

「各位同學，這個世界上有很多不可思議的事情，既然不可思議，所以我能有什麼辦法？雖然子不語怪力亂神，但子也說驚天地泣鬼神，既然鬼神可以泣，就難免有鬼神了，這個世界上的鬼神，就好像是花花草草，開得到處都是……」吳老師繼續他最拿手的胡說八道，大家都聽得不耐煩了，只想趕快看到大合照。

突然間，哈棒老大用力一拍桌子，碰地一聲，大家的魂都飛了。

「嗯嗯……那麼大家就把照片發下去吧。」吳老師聳聳肩，將照片傳下講台，大家一片歡呼聲。

坐在前面的許欣渝將5×7的大照片傳給我，我立刻找出我在照片中的位置。

哈棒老大坐在照片中最中間的牛皮大沙發上，蹺起二郎腿，右手擺在下巴上摩擦，一副暴力哲學家的氣勢。

禿頭校長正經八百地站在哈棒老大的左邊，雙手拿著紅色的下垂長聯，長聯上面用麥克筆寫著：「功在精誠」，絲毫不敢亂動，像個汗流浹背的門神，而什麼都無所謂的吳老師就站在哈棒老大的右邊，手裡也拿著另一幅長聯，上面寫著：「指導有方」，都是讚揚老大的。

而照片中的吳老師正轉頭跟我說話，頭都偏了一邊。

我笑了出來，吳老師真是笨死了，拍照那天我站在吳老師的後面，一直用橡皮筋彈他的頭，他只好一直轉過頭來跟我說：「等一下再彈啦！等一下再彈啦！」然後我當然就一直彈，而攝影師喊「卡」喊了兩次，吳老師都被我射到轉頭，攝影師火大了，乾脆就這麼拍下去。

我哈哈大笑，卻聽見教室裡此起彼落的尖叫聲，坐在我前面的許欣渝甚至從椅子上摔下來，內褲都被我看到了。

我正想拿起橡皮筋，往許欣渝的小熊內褲射下去的時候，我的喉嚨也不禁發出高分貝的慘叫。

天啊！

畢業合照裡，站在楊巔峰旁邊的王國，他喜氣洋洋地鼓起胸膛，比出勝利手勢的兩旁，居然站了兩個身穿怪異服飾的女人！

多怪異？

一個女人年紀上了五十，濃妝艷抹得一塌糊塗，身穿清朝的古老閨女服，一手搭在王國的肩膀上微笑，另一手正捏著王國的老二。

另一個女人年輕許多，但看她的樣子也至少三十好幾了，臉頰上貼了兩片紅色的圓形胭脂，嘴唇塗得像麥當勞叔叔，身上穿的是唱戲的鳳仙裝，一頭長髮垂到了地上，兩手抱著王國，嬌羞羞地笑著。

我渾身冒冷汗，這兩個怪異的女人是打哪來的？當時拍畢業合照，是絕對不可能被陌生人入鏡啊！何況是這麼噁爛的兩個不明生物！

我吞了口口水。

不折不扣，是兩隻女鬼。

「幹！」

王國嚇得大叫，整個人都跳到桌子上去。

「馬的！遇鬼啊！」楊巔峰也大呼，將照片丟在地上。

一時之間，地上全都丟滿了靈異到頂點的畢業合照，全班都尖叫了起來。

「碰！」

一聲巨響，哈棒面前的桌子差點斷成兩截，全班都靜了下來。

哈棒站了起來，走到優秀好學生林俊宏旁邊，瞥了瞥林俊宏丟在地上的照片。

「告訴我從這裡到一樓幾秒。」哈棒冷冰冰說完，林俊宏就被扔出窗外，朝著遙遠的怡心池飛去。

全班同學立刻瘋狂地將照片撿起來，又親又吻的，畢竟照片的主角可不是那兩隻莫明其妙的女鬼，而是「功在精誠、指導有方」的哈棒老大。

放學後，聰明的楊巔峰才想起來，去年升國三的暑假，也就是王國的頭蓋骨被幹飛的一年後，我們到他家參加冥婚那件事。

「那兩個女鬼，一定就是王國的大小老婆！」楊巔峰的聲音顫抖。

往事慢慢浮現……

□

王國家的客廳昏昏暗暗的，不說白色蠟燭那部分，連好好的日光燈都給包上了一層綠色的玻璃紙，整個氣氛都給青色的光搞得不三不四的。

牆壁上貼了三幀一比一的全身人像照片，人像是黑白的、蒼老又愁苦的，從我以前國小時到王國家玩的時候就一直貼著，據他說是過世長輩的相片，坦白說，那些眞人比例的黑白照片常常嚇到我，甚至做夢還會驚醒。

叩、叩、叩、叩、叩、叩、叩、叩、叩、叩、叩……

王國愁眉苦臉地坐在客廳中間，王國的媽媽則拿著木魚敲著他的頭，已經連續敲了一個多小時了，而且還是邊敲邊繞著王國走，看都看暈了，但王國媽媽卻還沒透露她請我們來這裡幹什麼，只是一股勁地敲、敲、敲！

「高賽，你猜他媽媽在施什麼邪法啊？」楊巔峰幸災樂禍地在我耳邊說。

「大概是王國要被作成木乃伊了吧？反正被敲腦袋的又不是我們，只是我好餓。」我小聲埋怨。

「不要說話，儀式的莊嚴是很重要的。」同樣愛搞靈異的肥婆小聲警告我們。

過了兩個小時，我們一起去外面吃了晚餐後再回去，王國媽媽終於才敲完。

「我們家王國就是因爲運勢走衰，頭蓋骨才會被狼牙棒掀走，我調查過了，這件事一定要以陰化凶，以喜解厄，這樣對他比較好。」王國的媽媽正色地告訴我們：「也就是說，今天請你們大家來我們家，就是想請你們一起參加王國的冥婚，做個見證。」

當時在場的都是老班底，哈棒老大、我、楊巔峰、謝佳芸、肥婆，還有新郎王國。除了研究靈異誤入歧途的肥婆，以及正忙著在王國家門上用紅色的鐵樂士噴漆題款的哈棒老大外，其他人都驚訝得張大了嘴巴。

王國家裡表面上跟一般正常的家庭無異，但玄機處處，恐怖的程度直追哈棒老大的拳頭，關於我在王國爸媽房間裡的奶罩堆裡找到一罐嬰屍這件事，我已經在「頭蓋骨」那篇作文中提過了，但王國媽媽身上的祕密就像黑洞一樣，又深又捉摸不清，今天她說要搞冥婚，王國一點反擊能力都沒有。

「大家坐好，儀式很快就要開始了。」王國的媽媽說完，大家趕緊坐好。

王國媽媽走進房裡，拿出兩塊年久失修的墓碑，上面的字跡已經剝落到完全不可辨認，而墓碑上各自綁了兩條紅緞子，我差點尿了出來。

「媽，妳該不會是想要我娶這兩塊石頭吧？」王國歪著頭，言語間頗有不滿。他的身上也立刻被綁上一條紅緞子，要是我一定奪門就跑。

「什麼石頭？對冥婚儀式尊敬一點！」肥婆喝斥。肥婆對占卜很有一套，幾乎是百發百中，當然也是個靈異人士，將來大概會當個女乩吧。

「很好很好，妳是？」王國媽媽滿意地看著肥婆。

「伯母好，我是不可思議的占卜人士，對於冥婚我也是有小小的研究，今天因緣際會來參加王國隆重的冥婚，正好看看同樣身在靈異界的伯母有什麼儀式上的創見，好教晚輩增廣見聞。」肥婆捻花微笑，謙遜地鞠躬。

王國媽媽回以親切的笑容，然後大叫：「喝啊！」一掌迅雷不及掩耳地切向肥婆的喉嚨。

咚！肥婆哇哇倒下，身體不停地抖動，我忍不住用橡皮筋射了她一下。

王國媽媽視若無睹，繼續說道：「王國，媽媽調查了很久，才在深山裡發現這兩個女人的墓碑，這兩個女人生前都是品德出神入化的良家婦女，所以媽就順手把她們的屍骨跟墓碑挖回家，以後就是你的大小老婆了，來，這個五十二歲的叫詩詩，這個三十五歲的叫夢夢，來，練習叫一遍。」

我快昏倒了，這根本是盜墓。

王國心不甘情不願，抱著那兩塊快要風化成土塊的陳舊墓碑，說：「詩詩、夢夢。」

「伯母，你怎麼不挑年輕一點的？她們都四、五十歲了啊，說不定生前已經嫁過人了，那樣的話可是不能冥婚的啊！」楊巔峰忍不住問道。

「很好很好，你是？」王國媽媽讚賞地說。

「喔，我是王國的死黨啦，我是想……」楊巔峰說到一半。

「喝啊！」王國媽媽尖叫，雙腳成弓，右掌電光火石斬向楊巔峰的喉嚨。

楊巔峰被這突如其來的偷襲擊中正在發育的喉結，全身像觸電般倒下。

一旁的謝佳芸嚇壞了，甚至忘記扶起無辜的楊巔峰。

我看了看哈棒老大一眼，自己的僕人被掛了，難道他會沒有反應嗎？

哈棒老大面露微笑，看著王國手中的陳舊墓碑，渾然不理會倒在地上抽搐的楊巔峰。他一定覺得王國被他親娘瞎整，實在是很有趣吧？

「現在，必須要有王國多位好友的鮮血象徵性地祭祀這兩個王家的媳婦，所以請大家把手伸出來，象徵性地在手上刺一點血出來，滴在這兩塊石頭上做見證。」王國媽媽說，伸手進奶罩裡拿出一把刀子，遞給了我。

我可不想被「喝啊」來那麼一下，所以我閉上眼睛，象徵性地用尖刀在指尖上刺了一下，擠出兩滴血滴在那兩塊該死的石頭上，然後將尖刀還給王國媽媽。

王國媽媽點點頭，蹲在地上，一手抓著肥婆的手，一手抓起刀子朝掌心漫不經心割下去，嘩啦啦啦啦地，鮮血淋得兩塊墓碑好不痛快。

「媽，不要啦！」王國覺得肥婆很慘，忍不住說道。

「嘿嘿嘿嘿嘿。」王國媽媽的眼神變得很開心，那個畫面讓我差點暈了過去。

接下來，謝佳芸趕緊主動接過刀子，輕輕往自己的手指刺下，滴了兩滴血，然後蹲下來，也幫楊巔峰輕輕割了一下，滴了象徵性的兩滴血。

然後，刀子傳到了哈棒老大的手上。

王國媽媽凝視著哈棒老大，哈棒老大也瞪回去。我在一旁緊張得不得了，無論如何，只要這兩個狠角色幹起來，勝負一定在瞬間就決定了。

「啊——」

是膽小的謝佳芸在慘叫，原來哈棒老大拿起謝佳芸的小手，在手掌上幹了一刀。

於是謝佳芸就哭哭啼啼地把血甩在墓碑上，算是幫哈棒老大出了血。

我看哈棒老大一眼，突然之間我完全明白了。

老大並不會怕一個怪異的老媽子，之所以抓過謝佳芸的手幹了一刀避免戰爭，是他對王國他媽會怎麼對付她兒子的下文，感覺很有興趣罷了。

而王國媽媽看見哈棒老大輕率地幹了朋友的手一刀抵受，也裝作沒看見，繼續開始冗長又無聊的儀式（那些儀式我從來沒有看過或聽過，我看他媽媽完全是沉浸在自由揮灑的宗教天地裡吧），當天晚上冥婚就搞定了，王國最後抱著兩個神主牌睡覺。

有件事還算是有趣，在那晚儀式的過程間，我去廁所拉尿的時候，發現王國的爸爸被五花大綁，綁在馬桶上，一臉的驚惶失措，但他的嘴巴裡被塞了舊報紙，所以我實在聽不清楚他在跟我說什麼。

「伯父，你怎麼會被綁在這裡？」我問，其實我比較在意的是馬桶被他爸坐走了，我該怎麼尿尿？

「嗚嗚嗚嗚嗚嗚嗚嗚——」王國爸爸嗚嗚叫，掙扎著。

看來是不肯讓出馬桶了。

我只好踮高腳，在馬桶前的洗手台上尿尿，抱歉地說：「實在是很失禮。」

尿完了，我當然打開水龍頭沖一沖，但他爸爸實在玩過頭了，始終都賴在馬桶上嗚嗚叫，於是我拍拍他的肩膀後就走了。

□

後來我才知道，那個被綁在馬桶上的男人是王國第五任繼父，至於前四任繼父跑到哪裡去了，聽說警察也很想知道，不過管區的警察都不喜歡去王國家調查失蹤人口，因為據說有個管區的在看到客廳裡那三個黑白等身照片後，足足生了一場大病。

王國就這麼樣娶了兩塊墓碑，但事情卻剛剛開始而已。

王國媽媽因此對盜墓產生高度的興趣，常常拿了一把鏟子就在墓地或深山裡亂幹別人的墓，王國高中以後，他媽更是變本加厲，動不動就請我們到他家觀禮兼放血，於是王國的床邊堆滿了倒楣的墓碑。而經過了畢業照事件後，我們從此不願意跟王國合照，因為每舉行一次冥婚，站在照片中王國身旁的女人就多了一個，浩浩蕩蕩，鬼氣逼人。

我實在不方便透露現在已經三十多歲的王國到底娶了幾個孤魂野鬼，可能他媽真的很有愛心，到處去挖別人的墳做姻緣、做善事，有一次甚至沒看清楚墓碑上的字就把人家挖回家，結果我們幫王國拍個人照的時候，照片洗出來，赫然發現一個臉色賭爛的中年男子站在王國的身旁，大家笑得前仰後翻，完全沒聽見王國在一旁抱怨：「難怪最近我老覺得屁股痛痛的。」

就這樣，故事說完了，以後王國他媽媽還有很多陰森的舉動可以說。

你問我後來畢業照怎麼辦？

那張畢業合照還是原封不動地放在精誠中學的畢業紀念冊上，就當作是紀念王國他媽那兩個超純熟的突擊斬吧！

替身大作戰

在唸精誠中學高中部的時候，很流行在上課時看漫畫，《少年快報》啦、《寶島少年》啦、當時還沒倒掉的*TOP*啦，或是從租書店偷來的單行本，幾乎都在桌子底下傳來傳去，尤其在我們班，不僅人手一本漫畫，還配上別班不敢流行的烤香腸，眞是一大享受。

記得那是個剛剛升旗回來的美好早晨，教室裡瀰漫著楊巔峰在後面偷偷烤香腸的煙霧，嗆得歷史老師一邊流眼淚一邊上課，甚至還咳嗽起來，眞是非常不敬業。

而英明神武的哈棒老大，正安安靜靜地躺在牛皮沙發椅上，聚精會神翻著當時紅得發紫的漫畫《JOJO的奇妙冒險》〔註一〕，一本接一本，老大每看完一本就傳下去給小的看，我則是看著後來被改編成恐怖電影的「七夜怪談」原著漫畫：《電影少女》。

我還記得當時老大的桌上擺了三十多本，看的速度出奇地慢，想必對這套漫畫評價頗高。

評價頗高，所以慘了。

那時我從書包裡拿出兩片吐司，正想走到教室後面去挾寫了我名字的烤香腸時，我瞧見哈棒老大的眉頭揪結在一塊，但嘴角卻慢慢上揚。

「大事不妙，這個時候還是不要輕舉妄動得好。」我坐回位子，揮揮手示意楊巔峰直接將我的烤香腸丟過來，我直接用吐司接住罷。

只見楊巔峰用清水溝的鐵夾子挾起我預定的烤香腸，遠遠丟了過來，我心中暗暗不妙，因爲那香腸在教室半空中劃出的油膩軌道完全錯誤，即使我站在桌子上還是接不太到。

咻的一聲，熱騰騰的烤香腸精準無比地、掉進正趴在桌上睡覺的肥婆背後露出的衣縫裡，肥婆慘叫驚醒，像隻突然見鬼的豬。

那香腸將肥婆的皮膚燙得滋滋作響，最後卡在奶罩的勾勾中，肥婆不停亂動大叫，吵得大家沒辦法專心看漫畫，紛紛瞪著擾亂秩序的肥婆。

「不要亂動啦！」我跳到肥婆座位後的桌子上，一腳踏住她的腦袋不讓肥婆機機歪歪動來動去，一手伸進她的衣服裡，將卡在奶罩後的烤香腸抽出來，挾在吐司裡。

「都烤焦了，難怪那麼燙。」我看著黑了一片的烤香腸，慢慢坐回位子上，留下繼續昏睡的肥婆。

而此時，紛亂的教室突然靜了下來。

我嘴裡咬著烤香腸，但烤香腸突然冰得像三色冰棒，凍得我舌頭差點失去知覺。

因爲老大站了起來，右手高高舉起，兩根手指「啪擦」一聲發出奇怪的指令。

大家都莫名其妙地回頭，看著頂了個神氣鳥窩頭的老大究竟在搞些什麼。

然後，大家都看見哈棒老大手中那本《JOJO的奇妙冒險》漫畫。

「白金之星。」老大嚴肅地說出這四個字。

我的背脊發冷，這代表了一件事。

所有人也都明白了正在教室裡發生的一切。

我的嘴裡含著不知滋味的烤香腸，一動也不動坐在位子上，眼睛死撐著不敢眨一下。

楊巔峰蹲在教室後，傻傻地任香腸被炭火烤得焦黑也不敢翻面，眼睛被煙熏得流淚。

楊巔峰的女朋友謝佳芸正在抽屜裡偷偷做薑餅屋，兩手各拿著一塊夾心餅乾不敢動彈。

喜歡在教室後面踢毽子的塔塔單腳金雞獨立，模樣艱辛地不敢晃動，踢到一半的毽子勉強停在她的鞋踝上。

王國在桌下用膝蓋頂著偷吃的便當，嘴裡正含著滷蛋，右手中的湯匙插進扒到一半的蕃薯飯裡，左手拿著正要打出的「紅中」麻將。

歷史老師葉美美也站在講台前，嘴巴張得老大，粉筆硬是停在黑板上寫到一半的字句，眼神刻意茫然。

老大帶來學校養的大白狗本來正蹲在王國的腳上拉屎，但現在牠的動作就像相撲選手般蹲踞，尷尬地將大便停在肛門剪與不剪的空窗期。

因爲，時間已經在老大的命令之下，被迫「暫停了」。

唯一能動的、允許被動的，只有老大跟他的替身使者〔註二〕。

哈棒老大慢條斯理地，慢慢走到教室中間，天花板上的電風扇突然壞掉，硬生生停住。

「王國，從今以後，你就是白金之星，負責暫停時間。」哈棒老大走到王國身邊，拍拍他的肩膀。

王國身體一震，嘴裡的肥滷蛋差點噎死他，便當掉在地上，左手的紅中緊緊捏在手掌。王國人生遭遇之凶險，莫此爲甚。

「是的，老大。」王國硬吞了滷蛋，臉色發青。

「不對，是歐拉歐拉歐拉歐拉歐拉歐拉。」哈棒老大字正腔圓地指示。

□

哈棒老大的右手高高舉起，手指打了個「啪擦」聲。

我吐出冰冷的烤香腸，楊巔峰別開臉大聲咳嗽，謝佳芸雙手抽筋壓壞薑餅屋，塔塔直接摔倒，歷史老師扶住講台、拿出手帕拭淚，老大的大白狗一屁股坐在自己的大便上。

時間暫停解除，眞是太辛苦的情境扮演了。

而王國，被當作哈棒老大榮譽替身「白金之星」的王國，整個人都陷入靈魂出竅的茫然。

「這個學校最壞的壞蛋、惡魔、大魔王是誰？我們組隊去打垮他。」哈棒老大站在教室中央，環顧著四周的死老百姓。

老大！這個壞蛋其實就是您老人家啊！

我很想這麼說，不過身為一個忠貞不貳、讒言不斷的佞臣，我所能做的，只是將冷掉的烤香腸丟進肥婆的衣服裡，然後用奶罩夾住。

所有同學都屈服在面面相覷的低氣壓中，沒有人敢將這個事實告訴哈棒老大。大家都明白，只要哈棒老大想玩遊戲，你就得陪著他玩，幸運的話你是他的隊友，倒楣的話你就只好充當大魔王被海宰了。

「老大，定期舉辦各種課後輔導、考試、規定各班打掃區域的校長無惡不作，大家心中早就積壓了憤怒的火焰，無奈校長的替身能力『賊禿果凍』太過霸道，大家敢怒不敢言，只等待一位勇者領導我們，不惜千驚萬險打倒校長。」楊巔峰站了起來，雙手握拳義正辭嚴地說：「這一個勇者不是別人，正是老大您啊！」

全班同學乾瞪著楊巔峰，好一個不要臉的知識份子！

問。

「我是不收廢柴跟班的，你的替身能力是什麼？」哈棒老大用充滿殺氣的眼神質

「老大說的是，我的替身是瘋狂低能兒，能力是非常低能、低能得非常可怕、低能地非常瘋狂，低能的範圍是無限大，成長空間是零，速度是——」楊巔峰轉頭看著我，問：「高賽，你一百公尺跑多少？」

我傻呼呼地答道：「大概十七秒吧。」

楊巔峰認眞地看著哈棒老大，說：「速度是每百米一十七秒，非常低能。」

哈棒老大輕蔑地看著我，我背脊的冷汗浸濕了衣服，我想我已經逃不過一同打倒校長惡勢力的隊伍。

也好，反正最慘的不是我，是無辜的校長跟他不存在的黨羽們。

「打倒惡勢力，是我們這些替身責無旁貸的使命。」我自動站到楊巔峰這個見風轉舵的混蛋後。

哈棒老大點點頭，說：「我們第一個關卡要打哪裡？」老大說完，班上所有人都鬆了一口氣，畢竟老大開始胡亂在校園內闖關，他們就可以好好地繼續在教室裡踢

毽子、打麻將、玩大老二、烤他媽的香腸，馬照跑，舞照跳。

楊巔峰不疾不徐地說：「第一個關卡當然是所有高中三年級的班長，他們仗著自己是高我們一屆的學長姊，千方百計打壓我們這些小學弟妹生存的空間，作威作福，最教人不平的是，他們仗著自己比我早一年進學校，就想早一年舉辦畢業旅行、早一年買畢業紀念書包，最後居然想早我們一年畢業，這種高高在上的態度教人好不生氣。」

我聽呆了，這些子虛烏有的栽贓楊巔峰居然想都不想就可以說出口，也不想想那些高年級學長姊的班級每個月都乖乖按時繳交「精誠中學之原子能防護罩防禦研發費」這種直接落進哈棒老大口袋的費用，楊巔峰面不改色陷害善良的學長姊，真不愧是台灣知識份子趨炎附勢的最佳表率。

「三年級有幾班？」哈棒老大露出很不耐煩的表情。

「忠、孝、仁、愛、信、義、和、平、禮，總共九班，九個小關卡。」楊巔峰數著數著，猛然見到哈棒老大極度不耐地扠著腰。

「你當我白癡嗎？這種該死的小角色居然敢勞煩我去破？」哈棒老大走回自己牛

皮沙發椅，躺下，蹺起二郎腿閉目養神。

聰明如楊巔峰立刻就明白該怎麼做了。

哈棒老大要闖關幹殺大魔王，怎麼能夠像一般低層次的勇者一樣跋山涉水爬樓梯去敲校長室的門呢？

於是楊巔峰帶著我這個他的替身使者，來到樓下的訓導處。

□

「吳老師，我們家老大要徵收訓導處的廣播一用。」我說。

兼差當訓導主任的吳老師正在吃便當，只是揮揮手示意我們隨便玩、把訓導處當自己家裡，別去煩他就行了。馬的這傢伙早上九點多就在偷吃午飯，渾然不知校長馬上就要駕崩了。

楊巔峰打開全校廣播，也不管現在正在上課就喊：「高中三年級的混蛋！你們多行不義招來的惡果終於來臨，九個班的班長全都到高二忠班集合、然後在拚死抵抗後被哈棒老大幹掉！限時五分鐘！開始！」語氣凶狠無比。

吳老師嘴裡嚼著東西口齒不清地說：「這次哈棒老大會不會找訓導處麻煩？」楊巔峰點點頭，算是善意的事先提醒。他一直很尊敬吳老師蟑螂般硬是求生存的本領。

吳老師捧著便當傻笑：「但他老人家應該不會殺到訓導處來吧？那我就不必逃走了。」

我們點點頭，哈棒老大的時間寶貴，又很懶，所以勝利必須符合「簡單快速」的四字法則才行。

於是吳老師繼續吃著便當不管事，任那些三年級的班長們淪爲哈棒老大塞齒縫的玩意兒。

後來我們回到樓上教室時，已看見九個高年級班長不分性別高矮，一律戰戰兢兢不敢亂動分毫，眼神呆滯地站在我們高二忠門口的走廊上，顯然時間已經被哈棒老大的「王國牌白金之星」給暫停住。

我們遠遠看著刑場正在發生的一切，只見哈棒老大依舊躺在牛皮椅上打哈欠，一副事不關己的模樣。

王國將一條不明內褲套在頭上當面具，上半身脫光光憤怒大吼：「歐拉歐拉歐拉歐拉歐拉歐拉歐拉──」然後衝到九個扮演時間被凝結住的高年級班長中間一陣亂拳毆打。

那九個可憐蟲被打還不能還手或倒下，甚至不能做出痛苦的表情，一直到哈棒老大伸手一彈、一記清脆的「啪擦」聲後，九名苦苦撐住的學長姊才倒地、發出痛苦的聲音，有個學姊抱著肚子大哭，生怕哈棒老大還要召喚替身再打一輪。

王國氣喘吁吁，手腳發軟地看著哈棒老大。他剛剛至少劇烈運動了一分鐘。

哈棒老大看到我們遠遠觀望，大聲問道：「還有什麼關卡啊？快點報上名來！」

楊巔峰如數家珍地說：「缺繳上一期『精誠中學鳳凰號研發費』的高一洪興會扛霸子、忘記預繳下一期『精誠中學鐵金剛維修費』的國三東星耀揚、教務處斤斤計較的主任、體育處殺人不眨眼的黑金剛、總務處視錢如命卻又揮金如土的錢主任、還有──」楊巔峰是我看過最不能加入天地會、紅花會、同盟會、中興會等革命團體的人了。

哈棒老大非常地不悅，說：「那他們有沒有替身啊？老是打這些沒辦法回手的人眞是無聊斃了。」

這下有些麻煩了，難道要叫他們全都cosplay成替身使者？萬一他們創意不夠的話，難保哈棒老大不會將怒氣出在我們頭上。

楊巔峰想了想，說：「有了，聽說校長的特異功能熱情奔放、創意無限，號稱是繼迪奧的替身『世界』〔註三〕以來最可怕、最無法抵擋的能力啊！」眞是信口開河。

哈棒老大表情還是有點意興闌珊，隨口說道：「好吧，那就叫校長直接帶他的替身過來跟我打，也順便讓你的瘋狂低能兒露露臉。」

於是我跟楊巔峰趕緊又跑到樓下訓導處，徵收了廣播後，我大叫：「校長！你不要再躲躲藏藏了！跟正義對決的時間實在是刻不容緩，多你一秒不多、少你一秒就差很多！你不要再做無謂的抵抗！快點帶你的御用教官牌替身使者到高二忠班教室受死吧！」我也很有當台灣優秀知識份子的本錢。

這時正在訓導處蹺著二郎腿嚼檳榔、正看著從學生那沒收來的漫畫的謝水識教官，差點從椅子上跌了下來，瞪大眼睛說：「不會吧，你們學生跟校長打打殺殺，干我們教官什麼事啊？不相干行不行？」

我跟楊巔峰一齊搖頭：「不行。」

謝水識教官無可奈何地說：「是不是挨打就行？」

楊巔峰指著謝水識教官手中的漫畫，說：「你們還得扮成替身使者、奮勇抵抗一陣子才可以。」

匆匆跑回訓導處的主任教官許佳誠上氣接不下氣，靠在門口，一臉狗屎，臉上青筋暴露。

我很抱歉地說：「主任教官，你也得cosplay替身使者，趕快想想炫一點的超能力才是正經。」

許教官很喘很喘，但是一臉憤怒地說：「你們家老大煩不煩啊？信不信我打電話叫警察把他提報流氓抓走，直接銬進直升機載去綠島關他十年八年？毆打學長姊跟校長也就算了，玩教官就要付出代價！」指著我們的鼻子開罵。

我看著楊巔峰，他微笑從褲子口袋裡拿出一台小型錄音機，晃了晃，錄音帶在裡頭捲動的聲音清晰可見。

「老大聽了會很不開心的。」我的眉頭緊蹙。

「爲什麼有些事一定要搞到見血才肯罷手？還記得上學期一年級那個東星耀揚剛剛進來的時候那副跩得要死的樣子，結果差點表演神祕的人體自燃。」楊巔峰嘆口氣。

「啊！人體煙火，百年難得一見吶！」還在訓導處啃便當的吳老師隨便附和，也不想想他身爲訓導主任，也是靠跟我們的關係才躲過一劫。

許教官吞了吞口水，臉不紅氣不喘地說：「其實我的替身能力早就想好了，不就是胡亂恐嚇魔人嗎？好像不夠炫喔？唉，剛剛假裝恐嚇你們就很失敗，我再想想，啊！有了！你說『電車痴漢』有沒有搞頭？『電車痴漢』加唱歌跳舞！一定有搞頭！」

我看著許教官，這傢伙的嘴臉眞是賤——到了頂點，難怪可以擔任哈棒老大母校的主任教官五年而不死。

「那好吧，五分鐘以後你們押著校長到我們教室來挨打，記得奮勇抵抗後再趴啊！太早趴說不定要趴兩次喔！」楊巔峰放完話後，就跟著我跑到樓上教室，準備華麗的替身作戰計畫。

哈棒老大睡著了，手裡拿著可樂跟熱狗，顯然對最後的大魔王決戰感到很輕鬆，或很不耐。

□

我戴上橘色的塑膠水桶當頭盔，將制服、褲子脫下，然後全部反穿當作造型，得意洋洋地看著一身排骨的王國，立刻就將他貧窮的造型給比了下去。

楊巔峰裝出認真的表情，蓄勢待發地守在哈棒老大身邊。

然後，扮演倒楣大魔王的校長出現了。

校長其實是個很溫厚的老先生，對於哈棒老大各種近乎胡鬧的要求都是畢恭畢敬，也曾經在朝會時司令台上當著全校師生的面發誓要好好孝順哈棒老大，這次被迫cosplay壞蛋，實在是有些冤枉。

哈棒老大揉揉眼睛，睡眼惺忪地看著被惡搞的校長。

「那個……英明的勇者……哈棒先生……我……我素無惡不作的大魔王……」校長的禿頭不斷滲出冷汗，西裝革履的他全身都在發抖：「我發誓……我發誓……」看著旁邊的謝教官與許教官。

「要毀了整間學校。」許教官提醒校長。許教官的雙手拿著清馬桶的黑色吸盤棒，大概是持續力型的替身能力；我看不出這跟電車痴漢有什麼關係。

「是是……我發誓要毀了這間學校……不惜……」校長額上的汗水都滴在地上了。

「不惜一切代價。」謝教官代答。謝教官的手裡拿著除草機，看樣子是個重武力的替身功能。

「是是……不惜一切代價毀了這間學校……」校長將領帶鬆開，他已經快承受不了巨大的瀕死壓力。

哈棒老大坐在牛皮沙發椅上，眼神如老鷹般銳利，慢慢說道：「身為熱愛學校的大家長，我可不能讓你這麼做。」

靠！老大玩得很認真啊！

楊巔峰適時挺身而出，大喝：「老大！這傢伙居然有兩個替身！真是前所未有的替身能力啊！」準備召喚我出來。

只見哈棒老大發出濃烈的殺氣，狠狠瞪著楊巔峰：「吉良吉影〔註四〕就有兩個替身，你居然謊稱這大魔王的替身能力是前所未有？」空氣迅速冰冷，牆壁開始結霜。

聽到哈棒老大這樣的嚴厲訓斥，我跟楊巔峰的雙腳全都軟了。

「誰說只有兩個替身？」

一個癡肥的身影，拿著吃到一半的便當，不知所云地出現在走廊上，校長的身後。

是吳老師！

吳老師居然好心地出現解圍！拿著外表酷似池上便當的武器，替身能力不明！

「可惡！居然是隱藏式的外掛替身！」楊巔峰趕緊大叫，迴避老大的殺氣。

「我素黑暗的終結者，光明一瞬的大地，大人小孩都愛看的——」吳老師邊吃便當邊說：「池上便當超人。」

楊巔峰大吼：「老大！我先上！我一定不負使命！瘋狂低能兒！」拍拍手。

我立刻跳了出來，雙手猛烈拍打著套在頭上的塑膠水桶大吼大叫，表現得非常低能，一看就是故障了的替身。

校長支支吾吾地說：「把他……把他打倒……好不好？」

謝教官跟許教官大聲說好，許教官一邊揮舞廁所吸盤，喊道：「我的替身能力是吸光周圍三公尺內的空氣，製造完美的眞空狀態！」

我假裝空氣被抽光、氧氣不足地大叫：「可惡！我幾乎沒辦法呼吸了！身體逐漸虛弱了啊……」跪在地上發抖，準備隨時昏倒了事。

在橘色的世界裡，只聽見哈棒老大冷冷地說：「替身需要什麼空氣？」

我立刻振奮精神，大笑：「騙你的！這種攻擊簡直就是小兒科！完全無效啊！」然後一拳打在許教官的臉上，許教官佯裝我的拳力無限，立刻吐出預先含在嘴裡的番茄醬，黑色吸盤落地。

謝教官可有可無地說：「我的替身能力是除草，十公尺以內的草都受到我的控制……」舉起沉重的除草機嗡嗡作響。

哈棒老大冷冷地說：「你再說一遍。」

這下謝教官精神全都來了，幾乎變成了另一個人，像德州電鋸殺人狂那樣手持除草機暴走：「吼……我的替身能力是用噪音切割空間！任何攻擊在我的眼前都是無用的啊！」

「快上！瘋狂低能兒！」楊巔峰大叫，全班同學也被迫跟著拍手鼓舞。

我盲目地衝前，除草機的鐮刀片刷地一聲將我頭頂上的塑膠水桶切開，我大吃一驚滾地倒下，謝教官玩得太超過了！

「誰都阻擋不了校長毀了美麗的校園啊！」謝教官之德州電鋸殺人狂持續暴走中。

楊巔峰識相地倒在地上，兩眼無神喃喃自語：「好可怕的切割空間，眼前是無盡的黑暗啊……雅典娜……身爲聖鬥士的我也無能爲力啊……」

眼前的情況是，哈棒老大老神在在地坐在教室裡，我、許教官跟楊巔峰舒舒服服躺在地上裝死，校長戰戰兢兢地立正站好，謝教官在走廊上揮舞危險的除草機，吳老師躲在校長後面吃便當，而全班同學淒厲地求救、呼喊拯救美麗的校園吧。

「白金之星。」哈棒老大舉起手，「啪擦」一聲。

時間暫停。

一切喧鬧聲凍結住。

謝教官高高舉起除草機，神色蒼白，他一定很後悔在時間暫停時舉起沉重的殺人機器。

吳老師的便當捧在手上，津津有味地含著滷白菜。

校長像個因公殉職的銅像，直條條硬梆梆地站著。

王國戴著ＹＧ內褲，走進時間凍結的空間，赤著上身怒氣騰騰地吼道：「歐拉歐拉歐拉歐拉歐拉歐拉歐拉歐拉歐拉歐拉──」

謝教官挨了上百拳後鼻青臉腫跪倒，他總算是解脫了。

吳老師一拳都沒被招呼到就自己坐下，繼續啃著狀似便當的武器。

而校長，在王國象徵性地打了兩拳後，竟還直條條地一動不動，不肯屈服地倒下，王國只好尊敬校長cosplay大魔王的專業精神，繼續在他的下巴上敲了五、六拳。

但校長還是屹立不搖。

「奇怪，校長怎麼還是不肯倒下？難道是coaplay上了癮？」我心中疑惑。

校長的表情有一點奇怪，他的五官全都僵住，說是石膏像也不爲過。

後來我們才知道，校長因爲太過緊張而昏死過去，直到他被送進彰化基督教醫院時還保持一貫的、既恐懼又恭敬的複雜表情，急救了兩個小時才醒轉。

事隔多年，我們在同學會裡談到這件有趣的往事，也曾提到這位從鬼門關轉了一圈的勇敢校長的後續報導：老校長自從哈棒老大畢業之後，就徹底從瀕死經驗中解放，變了個人，非常喜歡在校長室裡跟可憐又沒地位的實習老師玩「時間暫停」的遊戲，許多實習老師私底下都叫他「禿頭大魔神」，想必老校長當年實在是太壓抑了。

註一：《JOJO的奇妙冒險》是超級漫畫大師荒木飛呂彥的創意大作，跳脫少男漫畫常見的打打殺殺暴力式對決，影響了後來經典漫畫《海賊王》、《獵人》，與《火影忍者》等的打鬥設計，眞應該被放進博物館裡供著。

註二：是漫畫角色的特殊能力，替身就像是故事角色的超能力人格，像幽靈或守護神一樣站在角色身旁，每個替身的能力都不同，有的可以噴出火焰、搜尋記憶、修補物體、賦予物體生命、將物體變成定時炸彈等等，而主角的替身「白金之星」則擁有暫停時間的恐怖功能。

註三：《JOJO的奇妙冒險》中的超級壞蛋，其替身凍結時間的能力比白金之星還要強。

註四：《JOJO的奇妙冒險》中的著名壞蛋，前所未有地擁有兩個替身能力。

酸內褲

這是一個關於冒險與勇氣的故事。

眞的，你必須具備有冒險的精神、強大無比的勇氣，才有辦法將這個故事從頭看到尾。

這個故事要從好幾年前說起，不過在搬椅子說故事之前，你一定比較好奇爲什麼我會唸交大吧？

交大耶！科學園區就在隔壁的交通大學耶！

哈棒、我、王國，還有楊巔峰全都唸了交大！

坦白說，楊巔峰考上交大是不足爲奇的，他這個人腦子眞有些鬼聰明，不過連我跟腦袋經常著涼的王國也跟著考進了交大，就眞的是靈異現象了。

那年大學學測的現場出了很多事，坐在監考老師前面的哈棒老大整整睡了學測四節課，教室就換了四間，因爲教室無緣無故失火了四次。

這種因爲天乾物燥產生的自然災害誰也沒辦法阻止，現場手忙腳亂的，消防車在學校裡衝進衝出，監考老師的頭髮烤焦了，連寶貴的考卷也燒成了灰，沒法子，教育部只好宣布所有在我們教室的學生成績當天都掛滿分，王國驚喜得差點暈了，連楊巔峰也笑得闔不攏嘴。

第二天的學測更扯，哈棒老大多半是覺得懶了，索性叫兩個新的監考老師幫他老人家搥背、塡答案卷，順便連我們的份也一起塡了。

所以我們就一起上了交大這所國立大學，儘管我們免不了還是要服侍哈棒老大至少大學四年，但莫名其妙唸了交大的興奮心情一直很高昂，高昂的心情持續到我們搬進宿舍那天為止。

男八舍外，我、王國、楊巔峰三人拿著行李，那天天氣晴朗，萬里無雲。

「這就是國立大學的宿舍啊！」王國雀躍地看著男八舍的藍色牌子。

「交大的宿舍這麼多，我們怎麼會住到這麼舊的一棟？」我對男八舍的破舊外表有些不滿意，但心中還是開心得要死。

「白癡，男八舍離女二舍只有二十公尺，得天獨厚的地理環境哪裡去找？」楊巔峰得意洋洋地說，我們兩人趕緊點頭。

高大宏偉又香噴噴的女二舍矗立在矮小破舊的男八舍旁邊，這眞是天作之合，再加上哈棒老大暫時還不想上學，我們三個人絕對可以享有一段美好的大學生活！

傳說中令人勃然而起的浴室四腳獸文化，天天吃雞排喝珍奶的宵夜人生，鹹濕滑膩的網路芳鄰，琳琅滿目的社團活動，自由蹺課的校園生活！

「明天就開學了，從今以後我就是交大的高材生了。」我深深吸了一口氣，看著手上的宿舍鑰匙。

「高賽、王國，進去吧，我們的大學生涯要開始了。」楊巔峰微微笑，我們三人便走進了歷史悠久的男八舍。

□

一一六室，以後就是我們四人共同生活的地方，也是哈棒老大統治整個交大的基地。

非常簡單的擺設，四張桌子連著四張上鋪的床，除了一些灰塵和燒壞的光碟片外，沒有什麼特別需要整理的，眞幸運。

不過，很臭。

「天啊，這是什麼味道？怎麼會這麼臭？」楊巔峰皺皺眉頭，我也摀住鼻子。

王國把行李扔上上鋪，說：「的確有股怪味道！好像是尿臊味。」

我點點頭，眼睛開始搜尋可疑的臭味來源：「不只像尿臊味，還有很濃的精液味道！馬的，是哪個沒水準的在這裡偷打槍？」

楊巔峰將行李摔上上鋪，說：「你們把房間打掃好，再去交誼廳叫我。」

我擋在門口，冷笑：「少來，你又不是老大，你得跟我們一起打掃！」

楊巔峰搖搖頭，說：「馬的！眞是夠臭的，這味道太詭異了，不只尿臊味、精臭，還有一股很酸很酸很酸的味道，一年沒洗澡的流浪漢都沒這股酸味酸！給你們一人十元幫我打掃。」

我乾笑：「少來，一起掃。」

王國扶著牆壁，居然開始在書桌上嘔吐，說：「好噁心的味道啊，還有大便的味道。」

我仔細一聞，這複雜詭異的臭味越來越噁心，難道是屍臭？我的頭微微發暈，趕緊閉氣。

楊巔峰指著王國床鋪下的櫃子，說：「臭味好像是從裡面傳出來的？」

我兩腿發軟說：「難道會是屍體？」

經驗豐富的王國果斷地搖搖頭，嘴角流出泡沫說：「絕對不可能啦，屍臭哪有這味道怪異，說不定櫃子裡塞了外星人的屍體，味道才會這麼奇怪。」

楊巔峰搗著鼻子，說：「王國，你比較有種，你開櫃子看看。」

王國頭昏腦脹地打開櫃子，一股腥風呼嘯而來！

漂在大便汁裡的屍臭？差遠了！

放了七七四十九天的康師傅泡麵？差遠了！

浸泡在精液果醬裡的酸襪子？差得太遠了！

這絕對是極惡暴臭龍捲風啊！

首當其衝的王國兩眼一翻，昏死過去。

早已閉住氣息的我也跪了下來，這恐怖的臭味好像會鑽進皮膚的毛細孔裡一樣，閉住呼吸也沒多大用處；這難道是賓拉登寄放在台灣的細菌武器？我的眼睛簡直給熏瞎了！

楊巔峰一頭撞在牆壁上，差點肝腦塗地，大吼：「這是什麼鬼東西！」

我瞇著眼睛，隱隱約約，是條內褲！

王國一邊吐一邊醒來，看著櫃子裡那條發酸的極惡臭內褲，眼神矇矇矓矓地，竟像受到催眠般將酸內褲拿起來，套在自己的頭上。

楊巔峰看見舉止失控的王國，趕緊抄起放在地上的掃把，用力朝王國的頭上重重一擊！

王國卻恍如無事，戴著酸內褲的他笑得好詭異，但嘔吐物依舊從他的鼻孔汨汨流下。我嚇壞了，王國難道跟他媽媽一樣瘋了嗎？

「臭死了耶。」王國傻笑，簡直是個大變態。

「臭你媽啦！」我怒吼，閉上眼睛將套在王國頭上的酸內褲扒了下來，我的天啊，眞是太油膩的觸感了。

我將酸內褲狠狠摔到垃圾袋內，然後歇斯底里地將碰過酸內褲的手指在地板上猛抓，楊巔峰拿起掃把，堅強地將垃圾袋叉了起來，一鼓作氣衝到交誼廳旁的大垃圾桶，連掃把也不拿就衝回寢室。

我呆呆看著王國，王國的眼神呆滯，楊巔峰氣憤地一巴掌將王國的臉打歪，說：

「你瘋啦！幹嘛戴那種東西上去？」

王國哇一聲哭了出來，這時才真正醒了過來。

「我也不知道啊！」王國一臉的驚恐，他的頭臭得要命，我的手上好像也有揮之不去、刮之不散的惡臭。

「我的頭好昏，馬的，等一下去女二舍樓下的超商買鹽酸回來消毒，現在你們都給我去洗澡！」楊巔峰搖搖頭，試圖冷靜下來。

「當然。」我扶起後悔莫及的王國，三人跌跌撞撞地跑去公共浴室洗了個乾淨，後來又買了五罐鹽酸將房間噴個徹底。

但那臭味還潛藏在我們的記憶裡，當天晚上令我們全做了噩夢；我夢見坐在垃圾桶裡吃長蛆的便當，楊巔峰夢見自己在化糞池裡游泳，而王國則夢見自己變成了化糞池。

第二天早上，是王國的尖叫聲將我們吵醒，我跟楊巔峰看見王國的頭上套著昨天下午那條酸內褲，差點沒摔下床去。

我的天，噩夢從此開始。

□

那天我們將王國頭上的酸內褲扒下來後，就嗆得沒法子去上課，錯過了迎新活動，錯失了認識漂亮美眉的第一次親密接觸。

因爲我們有必要針對這條怪異的酸內褲做個了結。

「天，爲什麼我會夢遊到去把這條爛內褲從垃圾桶裡翻出來戴上？」王國一直哭個不停。幸好他還懂得哭，而不是笑。

「不管了，爲了避免你再夢遊把這鬼東西戴在頭上，我們把它燒了！」楊巔峰怒氣沖沖，拿出打火機。

「再好不過！」我大叫。

於是我們將那條內褲丟進垃圾桶，由楊巔峰點燃報紙後，再將燃燒中的報紙丟到酸內褲旁邊。

詭異的事發生了。

那條又臭又爛又酸的髒內褲，居然猛火不侵地躺在垃圾桶裡，它那黑溜溜的不明油漬居然保護它不受一點傷害！

「再燒一次吧？」王國害怕地說。

「幹。」我罵道，戴著口罩，用衛生筷叉起酸內褲，直接點火。

但酸內褲根本無法點燃啊，真是太油膩了！

「見鬼了……」我啞口無言。

「見個屁鬼，我載去竹北丟掉！」楊巔峰氣得發抖。

當天下午，楊巔峰就用報紙將酸內褲一層又一層包著，放在機車的置物箱，一路詢問路人往不熟悉的竹北騎去，將一團報紙丟到路邊的垃圾箱後再騎回來。

結果呢？

當天晚上我們戴著口罩睡覺後，居然還是徹夜作噩夢。

我夢見自己痛苦地吃著木乃伊鹹鹹酸酸的肉乾；楊巔峰夢見跟日本ＡＶ女優一起在廁所裡爭先恐後挖對方屁眼裡的糞便吃食；王國則夢見自己塞在ＡＶ女優屁眼

裡，變成了一條軟糞。

第二天早上，我們再度被王國的慘叫聲嚇醒。

你猜得沒錯，那條酸內褲居然鬼魅般回到了一一六寢室！還套上了王國的頭！

於是我們又沒有去上課了，這實在是太過離奇詭異，百分之百是靈異事件。

「太扯了！怎麼可能夢遊到竹北！」楊巔峰怒吼。

「我對新竹根本不熟啊！」王國啜泣。

於是，楊巔峰騎上車，將酸內褲丟到竹東，用沙子深深埋了起來。

那天晚上，我們抱著忐忑不安的心將王國綁在床上，才戴上口罩睡著。

不消說，第三天早上慘事還是發生了，恐怖的故事總是這樣沒完沒了，王國頭上罩著那條酸內褲，就像孫悟空套上金剛箍，怎樣也擺脫不了。

唉，一陣手忙腳亂，那條酸內褲又給丟進了垃圾桶。

「怎麼可能？這眞是……」我抓著腦袋，看著垃圾桶裡的酸內褲。

這時我才仔細地看出這條酸內褲的樣子。

這酸內褲的大小是ＸＬ，看起來全黑，其實不然，前面的撇鳥褶口上有噁心的一片白色菇類，後面的遮屁布有堅硬如鐵、其厚如鋼的深褐色防護罩，深黑色的油垢上還有墨綠色的黴苔。

不但散發著一股錯綜複雜的臭氣，還有深如大海、直達地獄的怨念。

這一定是條飽受詛咒、無法封印的內褲！

「這件事已經超越我們的知識範疇，我想我們必須求助於交大神祕的歷史，唯有如此，才能解開這條內褲包藏的奇凶詭計。」楊巔峰嘆了一口氣。

「我最討厭去圖書館了啊！」王國還是哭，他眞是倒楣，那條鬼內褲誰也不套，偏偏套上了他的腦袋，王國的腦袋眞是命運乖違，先是頭蓋骨被狼牙棒掀飛，現在則被世界上最髒最臭的東西纏上。

「我也不喜歡，不如叫老大來吧！老大什麼都可以殺掉，何況是區區一條內褲？」我抱怨，圖書館眞不是人待的地方，雖然交大的圖書館冷氣好、沙發棒，但光是站在兩個書櫃中間就會教我窒息。

「誰說要去圖書館了？」楊巔峰不悅地說：「我們去問以前同樣是精誠高中畢業、現在唸交大土木的學長，黃錫嘉。」

「你是說矽膠學長？這好心的傢伙現在住哪裡？」王國撥開眼角的淚水。

「八舍二樓，二〇〇八。」楊巔峰微笑，將垃圾桶用厚重的報紙堆蓋住。

□

矽膠學長人超好的，他大我們三屆，今年已經是交大土木系三年級了，他以前也曾經是哈棒老大的手下之一，他跟我們有無法比擬的革命情感，國三那年夏天，哈棒老大跟鯊魚幫在彰化體育場起衝突時，已經唸高二的矽膠學長硬是拿著球棒站在手腳發軟的我前面，將一個拿著開山刀的雜毛轟得頭破血流。

那一場迅速結束的大戰中，矽膠學長勇猛又殘暴的打擊姿勢完全跟他儒雅的外型悖反，他一共擊出了三個慘叫連天的安打、一個血肉模糊的全壘打，奠定了他在我心中崇高的地位。

情深義重啊。

「是啊！矽膠學長一定能夠幫我們的！」我開心地叫道。

於是我們便上了八舍二樓，看看久未見面的矽膠學長還在不在。二○八。

「天啊！好久不見！」矽膠學長開門，看見我們驚喜地說。

「是啊，託哈棒老大的福，我們全都唸了交大。」我說，抱緊矽膠學長。

「好兄弟。」楊巔峰微笑，跟矽膠學長擊掌。

「哇──矽膠學長你一定要救救我！」王國哭著，抱著矽膠學長的大腿。

「救你？」矽膠學長睜大眼睛。

「是啊，我們遇到了很麻煩的事。」楊巔峰嘆口氣：「聽說矽膠學長現在是八舍管理委員會理事長，這件麻煩事，或許只有你這種宿舍高層才會知道解決的辦法。」

矽膠學長訝異地看著王國，說：「這就怪了，有什麼事老大沒法子解決？」

我說：「老大說他暫時還不想來新竹，所以這條酸內褲只好由我們自己對付。」

矽膠學長哈哈一笑，說：「什麼酸梅內褲？這麼緊張？」

楊巔峰把門帶上，嚴肅地說：「不是酸梅內褲，而是一條又酸又臭又揮之不去的髒內褲。」

「揮之不去?!」一聲尖叫。

矽膠學長的房間裡還有一個人，聲音傳自左邊的上舖，一顆大光頭探下床來。

「是啊，揮之不去，簡直就像被詛咒一樣。」楊巔峰瞧出了光頭的異狀。

「詛咒？」矽膠學長的眼神也變了，聲音有些顫抖。

「那條髒內褲長什麼樣子？快說！」那顆大光頭青筋暴露，後來我們才知道矽膠學長這個光頭室友是足球校隊的隊長，他叫作張家訓，生平最痛恨橄欖球，因為總有笨蛋不清楚football跟soccer的分別。

「眞的有那麼恐怖？」我也嚇到了。

「這不是開玩笑的事，如果眞的是它，八舍就再也得不到安寧了。」矽膠學長沉著臉，請我們大家坐下。

「事情是這樣的，四天前我們在一一六寢室櫃子裡，找到一條奇臭無比的髒內褲，不管我把它丟到八舍一樓的垃圾桶，或是將它丟到竹北或竹東，它隔天都會出現在王國的頭上，你知道的，王國再怎麼傻也不會做出這麼噁心的事……」楊巔峰很快將事情說了一遍。

「等等，那條內褲長什麼樣子？」張家訓緊張問道。

我忍著痛苦仔細將那條奇臭無比的內褲形容一次，矽膠學長聽了，一拍桌子。

「果然是它！」矽膠學長慘痛地說。

「你們沒帶在身上吧！」張家訓慌亂地說。

「當然沒有，臭都臭死了，現在它放在寢室垃圾桶裡，用報紙壓著。」我說。

「它到底是什麼東西？爲什麼要一直纏著我！」王國哭哭啼啼。

「那是個很久很久以前的故事。」矽膠學長閉上眼睛。

□

台灣各公私立大學、五專技職學校間，流傳著四個恐怖、黑暗、很髒的校園傳說。

傳說中，有四個世界上最髒的魔物，它們代表著死也不想被誘惑、死也不想擁有、死也不想接近、絕對無法藉由它們統治天下。它們分別是無解免洗襪、衛生保險套、40H巨乳娘奶罩，還有最可怕的——怨念酸內褲。

嶺東技術學院的一年級筆頭大頭龍得到了百思不解的無解免洗襪，從此嶺東技術學院一年級的男生直到畢業都交不到女朋友。

台大宿舍長得到了一點也不衛生的衛生保險套，從此台大女生再也不敢進入男生宿舍，宿舍打炮權喪失三年。

東海大學畜牧系得到了40H巨乳娘奶罩，從此牧場的乳牛再也擠不出有名的東海將軍牛乳，校費重創。

而交大，則背著所有的大專院校，暗中製造出極酸暴惡臭的怨念酸內褲，內褲的怨念深重，好幾年前曾經統御其他三條髒魔物，臭氣沖天，造成台灣各學校近百萬名學生不敢上學、不敢在校園談戀愛、打炮，最後才由學生總聯合會組成一支近千人的遠征隊，犧牲過半後，逐一將髒魔物各個擊破、封印，終於使得校園惡臭傳說煙消雲散。

嶺東大頭龍畢業後把無解免洗襪穿回家，台大男生宿舍裡猛幹炮，東海的乳牛繼續愉快地產奶。

但是最恐怖的交大酸內褲遲遲沒能找到、將之封印，它每隔幾年就會出現在八舍，帶來一波又一波的恐怖事件。

「這故事好像在哪裡聽過啊？」我懷疑。

「我也依稀記得這些情節？」王國深思。

「這些傳說已經流傳很久了，許多細節早佚失脫漏了，像是東海40H巨乳娘奶罩的起源完全不被後人記憶，台大宿舍長那個不衛生的衛生保險套怎麼來的，倒也忘了七八成，只知道那保險套自從那宿舍長套上後，有整整兩年沒有拿下來，十分不人道，幸好勇敢犧牲的女學生將保險套咬破，使得白色果醬破出，要不然那個保險套現在可能還繼續作祟，成爲凌駕在交大酸內褲之上的至尊髒東西。」矽膠學長感嘆。

「後來那個女學生怎麼了？」我害怕得發抖。

「說過了，勇敢犧牲了啊。」矽膠學長也打了個哆嗦：「其實，說不定那女學生才是不折不扣的變態，從那天晚上後，台大男生宿舍流傳著，若是在晚上十二點整的浴室裡吃泡麵的話，就會看見一個嘴巴咬著惡臭保險套的哀怨女鬼。」

「誰會在浴室裡吃泡麵？」楊巔峰不置可否，他一定沒看見我跟王國的臉紅了起來。

「那個無解免洗襪又是怎麼一回事？」我發問。

「嶺東技術學院一年級生筆頭，大頭龍，據說是個非常懶惰的人，他看見大賣場在賣免洗襪，就很高興地買了一雙回寢室，結果呢？大頭龍連續半年都沒有洗那雙襪子，就這麼穿著，也不管同學或室友的抗議，因爲大頭龍堅持免洗襪就是不用洗的襪子，對已經長在襪子上的綠色蘑菇也視而不見。」矽膠學長越說越氣，說：「結果襪子臭成了精，成了詛咒，害得嶺東一年級男生守寡到畢業。」

「可笑的謠言，既沒常識又不科學。」楊巔峰的鼻子噴氣。

「那關於交大酸內褲的傳說呢？」王國緊張地說，這條酸內褲能夠成爲凌駕其餘三個髒東西的至尊髒東西，一定有它極不人道的荒謬理由。

「眞是冤孽啊。」矽膠學長的眼睛濕了。

□

不清楚是幾年前，有一個剛剛考進交大管理科學系的鄉下大男孩，他充滿了興奮之情，充滿了對大學生活的粉紅色憧憬，不過到了迎新舞會那一天，一切的美好幻想都被一場無聊的賭約摧毀殆盡。

一個喜歡惡作劇的學長跟那大男孩打賭吃拉麵的速度，誰輸了就必須遵守約定，將身上的內褲穿到畢業，期間不能洗、不能脫、不能毀棄。直到畢業離校的那一天爲止。

那鄉下大男孩是個吃拉麵的高手，人高馬大的，加上現場大家起鬨氣氛熱烈，那鄉下大男孩便一口答應了。沒想到那個矮小的學長食量驚人，速度又登峰造極，整整領先那鄉下大男孩二十一秒吃完拉麵，那鄉下大男孩哈哈一笑，以爲只是場搞笑的賭局，沒想到那個學長很認眞地跟他說：「只要你當眾吃下所有人的痰，就不必穿同一條內褲穿到畢業。」

說著，那學長拿出一個尿桶現場輪著傳，每人都吐了一口痰，天，眞是噁心又欺負人的可怕畫面啊！

當時訕笑聲四起，那大男孩又驚又怒，當然不肯就範，直性子的他就這麼遵守穿同一條內褲到畢業的諾言，恐怖的傳說也就此展開。

這對那大男孩真是一場噩夢。四年過去了，內褲前面慢慢地積聚一點一滴的白色尿垢，以及打手槍不愼噴落的精液，內褲後面也因爲大便沒擦乾淨不停糊到，久而久之就形成無堅不摧的屎垢硬塊，偏生這男孩又常常滿身大汗，鹽分與汗臭也凝聚在內褲上，灌溉出科學無法辨識的菌類。

事情就這麼結束了嗎？

當然不可能，倒楣的事總是接踵而至。

那大男孩內褲發出的陣陣臭氣，使得相貌堂堂的他四年來從沒交過一個女朋友，連當初訕笑他的室友都忍受不了蒼蠅滿天飛而搬走，上課分組報告時絕對沒有人願意跟他一組；另外更可怕的是，因爲內褲太髒的關係，導致大男孩小鳥經常生一些不可思議的怪病，大五那一年甚至還在胯下生出一顆黑色柳丁。大男孩極度灰心喪志，社團、學業、愛情，大學必修三學分全都被當，使得他不得不延畢兩年。

也就是說，那大男孩總共穿了那條內褲六年。整整六年。

後來，那大男孩在腹股溝癢孜孜、又紅又腫的情況下，終於畢業了。

畢業那天，那悲憤交集的大男孩當眾脫下那條腥臭酸內褲，大吼：「我要把這條酸內褲永遠留在八舍！用這條酸內褲詛咒所有的交大人！只要這條酸內褲存在一天，宿舍就不得安寧！所有接觸到它的人都交不到女朋友！連通識學分都會被當掉！小鳥生怪病！小鳥生怪病！小鳥生怪病！」

當時畢業典禮現場飄著濃厚的、好酸好酸的酸味，大男孩的哭聲迴盪在中正堂裡。

而大男孩恐怖的怨念，也永遠附著在酸內褲清洗不掉的油垢上。

□

「後來呢？詛咒真的應驗了嗎？」楊巔峰狐疑地說道。

矽膠學長凝重地從書櫃上取下一本染血又泛黃的書，我低頭一看，那本書叫作

《台灣大專院校不可思議傳說典藏之二》，矽膠學長翻開書，指著其中一頁說：「交大酸內褲絕對不可相信傳說之七，民國八十五年，有個叫作柯景騰的一年級生瞥了丟棄在垃圾桶內的酸內褲一眼，當時柯某手中碰巧拿著一本線性代數，於是柯某創造出管理科學系線性代數五修的可恥記錄。」

我信誓旦旦地說：「這沒什麼，我保證就算王國沒看過酸內褲，這個記錄也會輕鬆被王國打破！」

矽膠學長沒有笑，嚴肅地翻開另一頁，說：「交大酸內褲五大拍案驚奇之三，據稱民國七十二年，酸內褲不知何故出現在交大八舍二樓，臭氣沖天，導致當年居住在八舍二樓的土木系、資科系學生兩百四十一名，至畢業爲止都沒有交到女朋友，其中更有半數隔年就被二一退學。」

我訝然：「這麼誇張？」

光頭學長張家訓斥道：「當年我表哥也被二一了！這是再眞實不過的事！」

矽膠學長繼續唸道：「交大酸內褲五大拍案驚奇之二，據聞民國六十九年，交大酸內褲出現在交大八舍三樓，被一個品學兼優的好學生簡霖良拾獲，簡某被酸內褲的怨念迷惑，凶性大發，將酸內褲戴在頭上後遲遲不肯拿下，從此變成一個行爲怪異、非常臭的人，當年住在三樓的人，小鳥因此全部得了怪病，其中有三分之二的人，小鳥長出綠色的蕨類植物，三分之一的人的小鳥開始唱歌，直到畢業後才漸漸痊癒。後來有個叫胡蘿蔔（Flodo）的英國交換學生歷經千辛萬苦，才把酸內褲從簡某的頭上撥下，簡某才擺脫酸內褲怨念的糾纏，但酸內褲也再度失蹤。」

楊巔峰眉頭深鎖：「眞是太離奇了。」

矽膠學長閤上書，深深嘆氣：「關於交大酸內褲的恐怖傳說實在太多，酸內褲最近出現的一次，聽說是在五年前，但詳細慘況已不可考，因爲被害人多已遭到退學。後來酸內褲的下落從此不明。」

王國呆呆地說：「沒有不明，它就在我們的房間裡。」

楊巔峰揉揉眉毛，說：「難道沒有解決的方法嗎？找個法力高強的道士畫幾道符也沒辦法嗎？還是用焊接槍的高熱燒了它？還是拿機關槍掃射？」

張家訓學長冷笑：「普通的方法對酸內褲怎麼會有用？聽說酸內褲屁眼上的硬塊連雷射都燒不穿，用斧頭砍的話會被上面的油膩頑垢滑開；況且酸內褲的怨念非常深重，連以前曾經戴過酸內褲、被怨念迷惑的簡霖良都無法眞正擺脫對酸內褲的執念，特地跑來八舍擔任舍監，打算用一生的時間尋找酸內褲，然後戴上。」

我無法置信：「還眞的有簡霖良這種爛名字啊？」

王國哈哈大笑：「你自己都叫高賽了，叫簡霖良有三小稀奇啊？」

矽膠學長思索道：「解決的辦法不是沒有，傳說中有個能徹底消滅酸內褲的方法，不過沒有人眞正嘗試過。」

楊巔峰忙問：「什麼辦法？」

矽膠學長說：「交大八舍總共有四樓，第四樓曬衣間裡有台人人皆知的神奇強力洗衣機，洗淨效果超級驚人，卻非常少人使用。原因之一，不管是什麼顏色的衣服，用什麼牌子的洗衣粉，只要將髒衣服丟進去洗，全都會洗成閃閃發光的白色！亮到會使人眼睛瞎掉的白色！」

我跟王國同時吃驚道：「有那麼神奇！」

楊巔峰失笑：「簡直是鬼扯。」

矽膠學長認眞說道：「不是鬼扯，那台洗衣機的效果是千眞萬確。如果將那條酸內褲丟進那台神奇的強力洗衣機，洗一洗，九成九能夠洗掉酸內褲的頑垢與怨念。」

楊巔峰聳聳肩，說：「那簡單，我等一下就把它處理掉。」說完便要跟我們開門下樓，把那條酸內褲拿去四樓的洗衣機洗一洗。

這件事說來恐怖，其實也過分簡單啊。眞是白緊張一場。

矽膠學長深思，慢慢將門關上，微笑：「哈棒老大眞的在彰化？」

我們點點頭，只見矽膠學長的眉毛抽動一下，坐在上舖的張家訓學長咳了咳，說：「其實也不是想爲難你們，只是啊……既然你們得到了酸內褲，那乾脆就繼續擁有它算了，何必將事情鬧得不可收拾？忍一忍，晃一晃，大學四年也過去了。」

什麼？這是什麼鬼話？

只見矽膠學長慢條斯理說道：「身爲宿舍管理委員會理事長，我必須鄭重宣布，酸內褲是不被允許通過二樓、三樓、四樓的，因爲酸內褲的怨念無人能擋，貿然讓酸內褲經過不該經過的樓層，只會徒然增加更多無辜的受害者。」

王國不解：「我怎麼聽不懂啊？難道學長你不想摧毀酸內褲？」

矽膠學長勉強擠出笑容，打開櫃子，撫摸著球棒說：「不是不想摧毀，只是我都大三了，過兩年就可以畢業了，女朋友也交了五、六個，萬一酸內褲通過二樓時不小心把怨念傳給二樓數百名住宿生，那……那你想想，這會造成多少可怕的悲劇？多少人會被退學？多少人會分手？多少人會考不上研究所？」

張家訓學長忿恨地大叫：「多少人的小雞雞會出事！」

我們的背脊發涼，這是什麼狗屁思維啊？難道要把酸內褲留在我們寢室嗎？

楊巔峰搖搖頭，率先說道：「才通過一下下而已，不會怎麼樣啦。何況以前關於酸內褲的傳聞真真假假，做不得準的，你瞧那本書都黃成那個樣子。」

王國急道：「對啊！最慘的人是我耶，因爲……」

轟！

王國的腦袋轟然一聲，噴出稀里嘩啦的血花，我的脖子被上鋪的張家訓學長抓住、往上拔起，我呼吸困難地雙腳離地。

楊巔峰反應快速地蹲下，躲過矽膠學長猛力的揮棒，球棒擊中書桌上的小燈，碎裂！

「你居然……」楊巔峰吃驚。

矽膠學長高高舉起球棒，大吼：「邪惡的力量已經出現，我們是無法與之抗衡的，只有不讓酸內褲通過二樓，我們才能夠安心唸完大學！剛剛我已經給你們機會主動跟我們合作，現在是你們自討苦吃！」

球棒重重落下，楊巔峰打滾躲開，木頭椅子被矽膠學長的球棒轟垮！

「黃錫嘉！你瘋了！這難道是前任老大參謀的智慧嗎！」楊巔峰抄起桌上的原子筆，一把丟向矽膠學長。

「住口！你既然是接任的第二任參謀，就該知道不能與我作對！」矽膠學長的球棒終於擊中楊巔峰的腹部，楊巔峰痛得大叫，卻也一拳把矽膠學長打得鼻血直流。

王國掙扎爬起，從懷中拿出一包白粉撒向天花板，寢室裡頓時煙霧濛濛。

「好噁心！我快瞎了！」矽膠學長趕緊閉上眼睛、閉住呼吸，他知道王國撒的不是普通粉末，而是亂噁爛一把的骨灰。

我趁機張嘴一咬，雙腳落地後，便與楊巔峰、王國狼狽奪門逃出，一鼓作氣衝到一樓臭氣沖天的寢室一一六，把門鎖上。

子。

「馬的！這傢伙趁老大不在，竟敢這樣欺負我們！」我憤怒地大叫。

「有種，倒要他見識見識現任參謀的厲害。」楊巔峰冷靜下來，揉著他疼痛的肚子。

「我的頭好痛啊！」王國抱著腦袋大哭，他的頭眞是多災多難，但他居然接著大叫：「我好想戴酸內褲啊！戴上去以後一定就不會痛了！」

楊巔峰嚇了一跳，趕緊將鎖住酸內褲的垃圾桶踢到一旁，說：「王國冷靜！冷靜！戴酸內褲會變成變態啊！過來我幫你揉揉！」說著便一拳把王國打暈。

我愁眉不展，集智慧與力量於一身的智者參謀，矽膠學長背叛了我們，這件事變得很棘手。

老大不在，矽膠學長除了擁有宿舍管理委員會的眾多會員，他自己的揮棒實力又是翹楚中的翹楚，那個光頭學長又生得一副強獸人的樣子，情勢眞的很不利。

算一算，我們之中只有楊巔峰勉強有些戰鬥力，王國隨時都會被酸內褲的酸味與怨念迷惑，根本不可信賴。

以我們三個人，如何通過危機四伏的二樓？

就算損兵折將通過了二樓，還有什麼樣的凶險深藏在未知的三樓呢？傳說中神祕的強力洗衣機旁邊，又有什麼樣的艱難挑戰等待著我們？

「這難道就是我們的大學生涯？」我看著酸氣四溢的垃圾桶，淚眼汪汪。

「不要灰心。」楊巔峰的眼睛噴出自信的火焰，拿起牆角的高爾夫球桿。「我們需要更多、更強的夥伴。」他看著手中的高爾夫球桿。

一場精彩絕倫、臭氣沖天，從交大八舍一樓到四樓的冒險傳奇，即將展開。

□

「夥伴？我們才剛剛到交大，要怎麼尋找夥伴？」我問，人生地不熟的。

「你以爲靠我們三個人能夠到達四樓嗎？」楊巔峰淡淡地說，但我知道他已經想到什麼辦法，才會將這些話脫出口。

楊巔峰把門打開，說：「高賽，我出去一間一間寢室敲門演講，徵求願意跟我們一起組隊冒險的夥伴，除了我誰都不要開門，你們要小心失心瘋的矽膠學長派人下來抓你們。」

我犯疑：「爲什麼有人會願意跟我們組隊？」

楊巔峰帶上門前說：「一樓的宿舍生裡，誰都不願意那條酸內褲留在一樓，只是誰願意出一份力而已。」

我點點頭，等待著楊巔峰捎來的好消息。

我看著昏迷的王國，聞著又酸又臭的氣味，哀嘆老大不在的困境。

哈棒老大儘管惡霸、無法無天，但要是老大在這裡，只要花一分鐘不到的時間就可以將酸內褲解決。人就是不能不囟啊。

過了半小時，房間的門不停傳來激烈的撞擊聲，我緊張地問道：「誰？楊巔峰嗎？」

「快點開門！偶知道酸內褲在你們的手裡！快！」幾近哀號的聲音。

馬的，一定是矽膠學長派來的奸細。

「死也不開！」我怒吼，身體靠在門上以免對方撞門。

「偶素來解脫你們的！偶好想要戴那條酸內褲啊！」哀號的聲音越來越悲慘。

「放屁！你去告訴矽膠，王國寧死也不會把酸內褲戴上去的！」我堅定不移地說。

「快點快點！啊！偶忘記偶有鑰匙了說！」門外的聲音恍然大悟，我吃了一驚，馬上就聽見鑰匙插動門鎖的聲音。

要糟！

「啊！好痛啊——」哀號夾雜著拳打腳踢的聲音。

「開門，我是楊巔峰，我找到夥伴了。」楊巔峰說道。

我趕緊將門打開，看見楊巔峰將一個昏死的中年人踢了進來，身後還跟著三個被臭氣震懾住的陌生臉孔。

「這傢伙是怎麼回事？怎麼嚷著要戴酸內褲？」一個陌生的臉孔捏著鼻子問道。

楊巔峰蹲在那個昏死過去的中年人身旁，一巴掌摔下去，只見那猥瑣的中年人悠悠醒轉。

「你是不是傳說中曾經戴上酸內褲的變態？叫簡霖良？現在擔任八舍的舍監？」楊巔峰睿智地說。

中年男子點點頭，哭著說：「偶的寶貝呢？偶聞到它的臭味了，偶好想戴上它！那素偶的寶貝啊！」

楊巔峰點點頭，爽快地說：「好啊，戴上去之後就不准回交大了，知道嗎？」

簡霖良又哭又笑地說：「才不要！偶戴上酸內褲以後，偶就素八舍的魔王嚕！偶要統治八舍！統治整個交大！哇哈哈哈哈哈！」

不等楊巔峰吩咐，我一腳就朝簡霖良的鼻子踹了下去，簡霖良鼻血狂噴大喊：「偶素開玩笑的啦！偶只要戴上酸內褲，就會遠走高飛去！再也不回來啦！」

「聽你的鬼話連篇。」楊巔峰也一腳踹下去。

此時，躺在地板上的王國也碰巧醒了過來，痛苦地說：「我剛剛一定是瘋了，你們千萬要拉住我，不要讓我戴上那條鬼內褲。」

我安慰地拍拍王國的肩膀，看著楊巔峰身後的三個陌生學生，問：「你找到的夥伴是哪些人，介紹一下吧。」

一個高大壯實，皮膚黑得亮晶晶的男孩皺著眉頭說：「Your房間眞是臭死人了，smell shit！那條酸內褲眞的是really exists！」

我乾笑，說：「所以需要各位英雄的幫忙啊。」

楊巔峰點點頭，將天殺的大變態簡霖良踢到角落，示意那三個新夥伴自我介紹。

那個高大的黑鬼首先說：「My name叫作廖國鈞，管理科學系的新生，我爸是美國黑人，我娘is台灣女人，所以我是個dirty blood兒，我很壯，以前還拿過游泳亞運銅牌。」

一個癡肥流口水的肥仔接著說：「我叫杜信賢，外號叫肚蟲，是廖國鈞的死黨，也是管科一年級。我已經很臭了，沒想到你們的房間比我還臭，嘖。」

廖國鈞跟肚蟲，這兩個活寶死黨以前我在恐怖的〈鈞水鬼〉一篇裡已經介紹過了。

最後一個高高瘦瘦、看起來營養極爲不良、非常神似伊藤潤二恐怖漫畫裡面的削瘦男子；他至少有兩百公分，卻絕對不到六十公斤的乾枯柴骨，有如被狐狸精吸光陽氣。他一邊暈眩一邊咳嗽，說：「我叫熱狗拉屎，是應用數學系的二年級生，你知道嗎？根據統計，只要跟臭氣相處超過一小時，智商將會以每二十分鐘衰減○．

七四的速度退化，不可不愼啊，咳。」

熱狗拉屎留了一頭蓋到肩膀的分岔長髮，染得黯淡無光的霉橘色，他一咳嗽，雪花紛飛的頭皮屑便傾巢而出，一點朝氣或一絲生氣也沒，我實在懷疑他能幫上什麼忙。

另外那個叫肚蟲的大胖子也一樣，兩眼癡呆得嚇人，手裡還拿著一支甜筒。我看只有那個高大威猛的廖國鈞勉強出得上力。

□

「大家都知道這次任務的凶險，還肯挺身而出洗淨酸內褲，交大八舍一定有希望。」楊巔峰心虛地說。

「我們什麼時候出發？」我問，熱狗拉屎說的統計數字要是眞的話，那就糟糕了，最好速戰速決。

「一定要先準備吃的，因爲路途遙遠啊。」肚蟲憂心忡忡地說。

「好，等一下你負責去女二舍樓下的全家就是你家，買一星期份量的食物。」楊巔峰說，然後從簡霖良的褲子裡翻出一只沉甸甸的皮包，丟給肚蟲。

「根據統計，在家靠父母，咳，出外靠朋友的人，比起孤軍奮戰的人平均多活十二點七年，我們一定要尋找新的支援，我在四樓認識不少應數系的同學，我想先聯絡他們，我們到達四樓時他們會接應。」熱狗拉屎臉色灰白地說。

「好，等一下你打電話。」楊巔峰說，從簡霖良的口袋裡翻出一支手機，丟給熱狗拉屎。

「我們還需要武器。」廖國鈞嚴肅地說，他果然勇猛可靠啊！

「好主意，你去張羅，半小時後所有人原地集合。」楊巔峰說，從簡霖良的口袋裡翻出一串鑰匙，丟給廖國鈞，那串笨重的鑰匙可以打開八舍所有的房間。

於是肚蟲便到女二舍樓下的超商買吃的，廖國鈞則去亂開別人的寢室幹武器，熱狗拉屎則弱不禁風地靠在床邊不停地打電話，而我跟王國、楊巔峰、簡霖良則圍在一起打大老二等待。

半小時後，肚蟲揹了一個大垃圾袋、興奮地站在門口，而廖國鈞也抄了一堆傢伙走進寢室。

「買什麼吃的，一大袋啊？」熱狗拉屎問道，掛掉手機。

「杜老爺冰淇淋甜筒，總共八十幾支！壯觀吧！」肚蟲笑呵呵地說。

馬的，你這個豬腦！融化了誰吃啊！

雖然我很想這麼罵，但是又怕他挨罵後會逃走，所以我只是嘆氣，然後跟其他人趕緊拿一根甜筒拆開包裝大吃，反正幾分鐘後全都會融化光光。

「廖什麼的，你找到什麼武器？」王國好奇問。

「我針對everyone不同的特質，各自爲你們挑選different的武器。」廖國鈞神氣活現地說，拿出一支十字弓，遞給張大眼睛的熱狗拉屎。

「學弟……哪來的十字弓？」熱狗拉屎驚訝說道，接過屬於他的強力十字弓。

「Fuck來的，炫吧，還可以連發，喏，這裡是箭，一共have三十支。」廖國鈞得意洋洋地說。

從宿舍裡幹到十字弓？眞是夠怪的了，現在大學生不知道在想什麼。不過比起哈棒老大幹到過的武器，諸如警槍之類的，十字弓只能算是小兒科。

「這是yours，很重，不過威力奇大無比，it is delicious。」廖國鈞吃力地舉起一把斧頭，交給肚蟲，肚蟲接過斧頭後手差點斷掉，因爲那斧頭實在太大、太沉了。

「好重啊——」肚蟲埋怨道，他根本只能把沉重的斧頭放在地上拖。

楊巔峰忍不住問：「在哪裡找到的斧頭？還一副磨得很銳利的樣子！」

廖國鈞大讚自己，說：「棒吧？我在一四五寢室find的，裡面的人大概是砍柴社的吧，不然怎麼會有這麼棒的斧頭！」

「好怪的社團。」王國哈哈大笑。

交大眞是個深藏不露的學校。

「那我的武器呢？」我問，希望得到一個足以防衛的好武器，至少跟楊巔峰的高爾夫球桿同樣等級的武器。

「就只有找到這個了，I'm fucking sorry。」廖國鈞歉然說道，將一條跳繩放在我顫抖的掌心中。

見鬼了，眞是見鬼了！

「跳繩？裡面是不是有銳利的鋼琴線啊？」我發昏。

「None，不過你要是把跳繩放在地上，就can絆倒敵人了。」廖國鈞低著頭、踢著地上的籃球，想要就此混過去。

我快哭了，幸好楊巔峰趕緊說：「那我跟王國的武器呢？我的武器不用給我了，我用高爾夫球桿行了，我的武器給高賽用。」

廖國鈞點點頭，說：「我還找到兩樣很厲害的weapon，一個是超級鋒利的撲克牌，來，你們see，這撲克牌看似very普通，但是它的邊緣全都是採用最高科技打磨製成，五十四張牌每一張都是見血封喉的殺人凶器啊！」

我看著那五十四張牌，用手輕輕碰了一下，手指居然真的在刺痛中流出血來，哇靠，這學校的學生連賭博都練出一身殺人不眨眼的神技。

「這間學校的學生真狠啊，老大要統治交大恐怕不太容易。」楊巔峰嘆道，將撲克牌交給我當第二種武器。

我試著學香港賭片裡的飛牌傷人，斜斜朝天花板丟出一張黑桃A，沒想到寒氣逼人，撲克牌一斬，掛在天花板上的電風扇竟摔了下來！

「好可怕的武器，在哪間寢室幹到的千萬要記起來，以後小心別惹到他們。」我心中發毛。

廖國鈞開心地說：「是。還有一個武器也是super terrible的，不過屬於防衛性的武器，你們看！」

我瞪大眼睛，差點沒破口大罵。

一個用礦泉水塑膠罐裝著的綠色液體，罐子上貼著紅色的色紙，色紙上寫著斗大的三個黑字：

隱形水

我大吼：「好一個隱形水！你在哪裡幹到的！」

廖國鈞無辜地說：「忘記是哪一間寢室了，應該是應化系的吧？總之交大的學生都fucking smart，做出來的隱形水……效果應該no bad才是。」

楊巔峰冷靜地摀住我的嘴，淡淡說道：「果然是好東西，就交給王國用吧。」

王國又驚又喜，接下了隱形水說：「怎麼用啊？用喝的還是抹的？」

我忙道：「用抹的吧？你千萬別喝這種來路不明的東西啊。」

王國小心翼翼地將隱形水放在褲子裡，一副小人得志的模樣。我真誠地替他感到悲哀。

「咳，你呢？你自己的武器呢？」熱狗拉屎問道，他從剛剛就一直在研究手上的十字弓，愛不釋手。

「我當然是用劍！sword！」廖國鈞大喝一聲，氣勢如虹地拿出一把古色古香的寶劍。

那寶劍鑲滿了紅寶石、綠寶石、藍寶石、青玉、黃玉，花花綠綠，模樣十分可笑，劍身上還寫著「倚天劍」三字，不管是交大國術社或是古色古香社用的劍，我一見了就惱火，差點想衝過去把它給折了。

「好劍好劍。」楊巔峰顯得很無力，努力地摀住我的嘴。

也許這個變態又危險的任務，只有不知道危險的變態才敢加入吧？想到這裡，我的氣就消了一大半。

或許明天他就死了吧？跟死了一半的人何必計較太多。

「等等，我們還需要一個人在冒險時負責保管酸內褲，這可說是最凶險的任務，萬一被酸內褲迷惑就糟糕了。」我突然想到。

「偶！就素偶！」簡霖良興奮地大叫，馬上遭到所有人的痛揍。

而大家的眼神，全都集中在徬徨無措的王國身上，王國扭扭捏捏、意猶未盡地看著被舊報紙包住的酸內褲。

「我願意接下這個艱鉅的任務，不管前方有多少妖魔鬼怪等著我們，我誓言一路抓緊酸內褲，雖然……雖然我根本不知道四樓的強力洗衣機怎麼走。」王國害羞地說。

我簡直想吐。

「You have my sword！我願意用我的生命保護你！」廖國鈞大吼，脫掉他的上衣，露出複雜糾結的深黑色肌肉，那花花綠綠的古劍凌空一劈。

「還有我的斧頭！」肚蟲氣喘吁吁地說，雖然他從剛剛到現在未曾舉起過那把夭壽重的斧頭。

「還有我的弓箭，咳……」熱狗拉屎病奄奄地說，十字弓不小心射出，一箭掠過我的頭頂，撞破窗戶玻璃。

「馬的，還有我的跳繩跟撲克牌。」我憤怒說道，心情一直好不起來。

「眾志成城，齊力斷金。咱們上吧。」楊巔峰勉強勉勵大家，舉起他的高爾夫球桿揮揮，算是冒險的號角已經吹響。

酸內褲遠征隊踹開了寢室一一六的大門，踏上千驚萬險的冒險之旅。

這就是我大學生涯的第一週。眞希望老大在旁邊啊！

□

我們探頭探腦地溜出寢室，走廊空蕩蕩的，難道所有的學生全都提早了十個小時去夜遊？

爲首的楊巔峰說道：「熱狗拉屎，我們一鼓作氣衝到四樓的機會有多大？」

熱狗拉屎爲難地咳嗽，說：「根據十年來的統計數據，這個或然率是，零。」

我緊張地問道：「爲什麼？矽膠學長的影響力眞有那麼大？」

熱狗拉屎點點頭，說：「咳，黃錫嘉在八舍德高望重，他的室友光頭王更是殘暴的足球校隊隊長，聽說，咳，聽說交大原本會有美式橄欖球校隊的，但是正式成立前，居然被黃錫嘉跟敵視橄欖球的光頭王在一夜之間剷除，連顆橄欖都不剩。」

王國呆呆地說：「矽膠學長果然是跟了哈棒老大多年的參謀！」

楊巔峰觀察走廊，慢慢帶我們前進，說：「看來，整個一樓的學生都聽到風聲，在五分鐘之內全都躲光光了。看樣子，在一樓到二樓的轉角處一定會有可怕的埋伏。」

廖國鈞自信滿滿地站在前面，踢著獐頭鼠目的簡霖良的屁股，說：「讓這crazy變態走前面擋怪。」

「不要踢偶，主人，偶知道去四樓的路。」簡霖良猥瑣地哭著：「偶一定會帶主人去四樓的。」卻一邊覬覦著王國手裡塑膠袋中的酸內褲。

我們慢慢地走著，終於來到交誼廳旁的垃圾桶。前方，就是樓梯口了！

突然間，楊巔峰敏感地停下腳步，皺著眉頭。

隱隱約約，地面震動。

空氣中若有風雷之聲。

我們緊張地看著前往二樓的樓梯轉角，咚。

咚。

咚。

咚。

「好大的橄欖。」我吃驚。

「白癡，是橄欖球。」肚蟲舔著甜筒，拖著沉重的斧頭。

是啊！

一顆橄欖球從二樓樓梯慢慢滾了下來。

「橄欖球不是被消滅了嗎？」熱狗拉屎畏懼地說。

「一顆爛ball有什麼好怕的？衝啊！」廖國鈞一腳將簡霖良踢出去，然後高高舉起他那把爛劍往前衝。

但，下一秒鐘裡，廖國鈞就出現在我們的頭頂上！

被撞飛的！

一大群穿著橄欖球員盔甲服的死大學生衝下樓梯，一個個瘋狂地張大嘴巴沒有禮貌地大吼大叫，踩著昏死的簡霖良朝我們衝了過來！

「怎麼可能！咳！咳！咳！怎麼可能會出現橄欖球隊？」熱狗拉屎虛弱得快昏倒，手中的十字弓胡亂發射，命中一個死橄欖球大學生的大腿，但那個死橄欖球人居然沒有痛覺般繼續快跑前進。

「看我的！」我拿起撲克牌不停地射，銳利的賭神牌撲克牌切穿橄欖人的盔甲，鮮血流了滿地，他們一邊哭著一邊怪叫快跑，神經病似地，有的跑得太快滑倒在血泊裡，楊巔峰趕緊用擊出博蒂的姿勢揮出高爾夫球桿，一個橄欖人優雅地在半空中迴轉而後昏倒。

「不可能不可能的！這簡直是不可能的！」肚蟲驚駭莫名，大口大口地吃著甜筒，然後我聽見一記低沉的聲響從肚蟲的屁眼裡噴出。

熱烘烘的軟糞山洪爆發！居然在這種時候！

「好臭！幹你媽的你這隻只會吃冰的豬！」我慘叫，剛剛勉強爬起來的廖國鈞卻很習慣地看著肚蟲站立拉屎。

「好臭！幹你媽的我再也受不了了！」王國也慘叫，然後將酸內褲套在頭上。

「不要啊！」楊巔峰一桿將王國頭上的酸內褲揮飛，怒吼：「王國！你就算不想作戰，也不要躲在一旁套內褲！你要懂得抗拒酸內褲的誘惑啊，眞是一點都不能信賴！」說著又一桿朝一個橄欖人的小鳥揮去，倒地。

此時橄欖人一擁而上，至少有五十多人，勢態窮凶極惡，但卻在距離我們一公尺處停了下來。

原來是肚蟲一根紫竹直苗苗地昂然挺立，用他的軟糞拉出一條結界勉強保護住我們。

□

「眞是好險，不知道結界可以支撐多久？」熱狗拉屎喘氣，他的臉眞夠蒼白的。

此時一個橄欖人從褲子裡拿出一個空養樂多罐子，向我們丟了過來，楊巔峰接住，只見那空養樂多罐子後繫了一條棉線。

「是千里傳音。」楊巔峰看著棉線，那棉線好長好長，一直綿延到二樓的方向。

我們全都將耳朵靠在養樂多空罐旁，聽見一個洪亮又熟悉的聲音從養樂多罐子裡大聲傳了出來：「撐兩年也好，撐一百年也行。總之在我畢業之前，酸內褲都別想通過二樓、三樓！」

「你瘋了，這些瘋狂的橄欖球員都是你的犧牲品吧！」楊巔峰冷冷地說。

「你知道死大學生的出現原因嗎？」矽膠學長的聲音。

「死大學生就是墮落的大學生，一群不顧課業、不求上進的浴室四腳獸，我高中時就知道了。」楊巔峰說。

「我跟我室友將墮落的死大學生改造成我們原本最討厭的橄欖球隊，他們的肌肉威力比死大學生還要巨大，更加暴力，更加不想唸書，唯一的興趣是衝衝撞撞，再也不會被女色所惑。」矽膠的聲音：「你們還是認份收藏酸內褲吧，你們是敵不過我的。」

「喪心病狂，你根本就不是我認識的智者矽膠。」楊巔峰嘆息，將養樂多罐子丟回咆哮的橄欖人中。

那些橄欖人儘管大吼大叫，但我發現他們的眼中噙著淚水，想來也是不願意從死大學生被改造成暴力的橄欖人。

他們也是矽膠力圖自保下的犧牲品啊。

「咳，再這樣下去，交大所有系所的學生都會變成橄欖人。太可怕了。」熱狗拉屎搖搖頭，用十字弓將幾個齜牙咧嘴的橄欖人一一射倒，然後盤坐在地上吃感冒藥。

「看來今晚要在走廊上過夜了。」肚蟲嘆氣，卸下背上的大塑膠袋，拿出一把又一把的融化杜老爺甜筒交給我們當晚餐。

我們一邊咒罵肚蟲，一邊將融化的霜淇淋、軟掉的甜筒吃進肚子裡，當晚就在又臭又冷的走廊上過夜，而倒楣被改造成橄欖人的死大學生，也在一旁哆嗦地叫了一夜，眞是吵死人了。

一大早，身爲宿舍管理員的簡霖良善盡職守地將肚蟲的糞便收拾乾淨後，一場生死大戰再度展開。

「吼——」橄欖人眼睛紅腫地衝來，他們除了直線前進，已經沒有任何退路了。

「Hold！」楊巔峰冷靜地叫道，不知何時他的臉已經塗上半邊的藍色。

橄欖人逼近。

「Hold！」楊巔峰沉著地說。

睡眼惺忪的王國跟我拉著跳繩的兩端，我的肚子實在很餓，那些融化沾滿了整個塑膠袋的冰淇淋甜筒根本無法填飽肚子。

「Hold！」楊巔峰緊張地說，橄欖人已經轟然而至。

我忍不住看著打哈欠的王國，說：「我有夠餓的，你呢？」

王國困頓地說：「餓到瘋了，要是老大在就好了。」

橄欖人襲來！

「拉！」楊巔峰大吼。

我跟王國兩人手一拉，跳繩一緔，立刻絆倒了喪失智慧的橄欖人，他們前仆後繼、爭先恐後地趴倒，熱狗拉屎手裡的十字弓也不斷噴出會甩尾的箭，將殘餘的橄欖人射倒，而楊巔峰跟廖國鈞的球桿與倚天劍分別在半空中呼嘯來呼嘯去，橄欖人痛苦地哀號。

我們趁著這股氣勢踩著橄欖人前進，一下子就突破樓梯的轉角，攻上了矽膠的大本營，八舍二樓。

「幹！好多橄欖人啊！」我驚訝不已，然後被一個橄欖人抱著球撞倒。

八舍二樓的走廊全都是橄欖人，墮落的死大學生竟是如此之多！

「看我的獨孤九劍！」廖國鈞神威凜凜地站了出來，一劍朝橄欖人的頭盔劈下去，大名鼎鼎的七彩倚天劍頓時裂成兩截。

廖國鈞錯愕地看著斷劍，被三個橄欖人擒抱，然後猥褻地推倒，五、六個橄欖人像疊羅漢一樣壓在廖國鈞的身上，饒是他渾身肌肉也沒法子掙脫。

王國緊張地躲在楊巔峰背後發抖，拿起酸內褲就要戴，楊巔峰一巴掌朝王國臉上轟下去，大叫：「肥豬！快大便！」

肚蟲冷靜地點點頭，決定開始生產大便炸彈，卻被一個橄欖人抱住，另一個橄欖人雙手成塞，猛力地戳進肚蟲的肛門裡，迫使肚蟲最可怕的武器無法施展、甚至還開始痙攣。

「熱狗拉屎！」楊巔峰急叫，勉強將一個橄欖人的小鳥踢爆。

卻見熱狗拉屎蹲在一旁吃藥，抱歉似地咳嗽。

就在這最危急的關頭，所有的橄欖人突然大驚失色，一溜煙地四處奔逃不見了。

原本吵得像公民課的走廊霎時變得好安靜，聲音像是被抽油煙機抽走似的。

「有鬼。」我揉著被橄欖人撞到的痛處。

「還需要大便嗎？」肚蟲說了也是白說，他的大便早就隨著屁眼重獲紓解，傾瀉一地。

「好緊張，咳。」熱狗拉屎一邊綁鞋帶，一邊緊張。

楊巔峰手中的高爾夫球桿像是感應到什麼，竟開始顫抖。

「難道是……矽膠竟釋放了深藏在八舍地下室裡的怪物？」楊巔峰咬緊牙關。

已經大二的熱狗拉屎狐疑道：「八舍沒有地下室啊？咳。」

楊巔峰憤怒地說：「所以才恐怖啊！」

此時走廊的盡頭出現了一團火光。

「幹！是炎魔嗎！」王國抱頭慘叫，拿起酸內褲又想套上，但被我一巴掌轟醒：

「哪來的炎魔？是噴火人啦！」

一個全身穿著消防衣的死大學生，左手拿著一瓶公賣局米酒，右手拿著一根小火把，像表演街頭魔術一樣，將米酒含在嘴巴裡用力噴向火把，火焰猛烈地在走廊上吞吐著。

「噴火人，這下子可麻煩了。」楊巔峰被火焰焦煙熏得睜不開眼睛。

火焰在噴火人嘴中張牙舞爪，噴火人自己也被焦煙燻成了大黑臉，眼睛直流淚。

「讓我去會會這個fire monster。」廖國鈞拿著斷掉的七彩倚天劍便要上，卻被楊巔峰拉住，說：「你的劍是無法對付噴火人的，趁我跟他搏鬥時，你們趕快上三樓要緊。」

我眞是太感動了！

「好傢伙，這個死消防人就交給你了。」我說，所有人都躲在楊巔峰的背後，噴火人一邊噴火一邊慢慢靠近。

楊巔峰拿起高爾夫球桿，勇氣十足地擋在噴火人火焰咫尺之前。

「You cannot pass！」楊巔峰一邊大吼，一邊給煙嗆得大咳。

噴火人一把眼淚一把鼻涕地說：「我也不想一直噴火啊，誰教我猜拳輸了。」

「我是慾火的傳人，高舉著青春男孩的慾火，you should not pass！」楊巔峰將高爾夫球桿插進頭髮裡，然後從口袋裡拿出打火機，打火機喀擦一聲，點燃了高爾夫球桿桿頭上的髮油，霎時光芒畢現。

噴火人一邊咳嗽一邊噴火，搖搖晃晃的，十分危險，說不定八舍就這麼給燒成了白地。

楊巔峰手中的著火高爾夫球桿，與噴火人手中的火把激烈交鬥著，搞得大家都好熱好熱。

「滾回馬戲團吧！」楊巔峰大叫，冒火的球桿摺過噴火人的頭頂。

「吼——」噴火人用力噴出火焰，然後被煙嗆得不斷咳嗽。

「把握機會，你們這些笨蛋！」楊巔峰一聲令下，我們全都往火焰旁邊鑽了過去。

我正想回頭說幾句「請好好努力打倒敵人之類」的話，卻看見楊巔峰將噴火人手中的火把擊落後，一桿將噴火人轟到走廊邊緣的窗戶旁，眼看噴火人就要被ＫＯ了。

不料，那噴火人吐了一口米酒在楊巔峰的臉上，楊巔峰大叫，一桿頂著噴火人到窗口，眼見噴火人就要摔下去。

但噴火人死命地拉著楊巔峰的手，大吼：「要嘛就一起下去！」

「幹！」楊巔峰嚇到。

說完，噴火人就拉著楊巔峰摔下窗口，直墜下去。

就這樣，我們失去了楊巔峰。

失去了領導。

「眞是個man！」廖國鈞大哭，抱著從沒有放棄過拉屎的肚蟲。

「果然不愧是老大座下的現任參謀，我向你致敬。」我看著走廊的遠方乾哭。

「現在該怎麼辦？該怎麼辦？」王國哇哇大哭，跟賊頭賊腦的簡霖良一起拿著酸內褲，想把頭塞進去，兩個笨蛋就這麼頭頂著頭，僵持不下。

「根據去年的統計調查，咳，從二樓摔到一樓的人裡，只有百分之七會死亡，其中有百分之八十八的死者是七歲以下的小孩。」熱狗拉屎憂傷道：「也許楊巔峰還活著。」

我抬起頭來，看著黑黝黝的二樓走廊，惶恐地不知如何是好。

沒有了楊巔峰，要毀掉酸內褲簡直是前程茫茫。

「不如先吃個飯吧。」肚蟲果斷地說，從背後拿出黑色的塑膠袋，裡面都是徹底融化的白色乳汁跟濕濕軟軟的甜筒脆片。

看到這種賤民食品，實在是提不起勁吃它，但肚子實在好餓，大夥只好蹲在走廊中間，拿起濕軟的甜筒餅乾，將游移在塑膠袋上的乳汁刮個乾淨，就這麼糊裡糊塗地過了老半天。

□

吃完了垃圾食物中的極品後，我們打起精神，暫時忘卻失去楊巔峰的痛苦，一步一步朝三樓走去，才走到一半，熱狗拉屎的手機就響了。

「喂？我熱狗拉屎。」熱狗拉屎接電話，臉色漸漸陰沉，然後轉爲驚懼。

「什麼？你說的是眞的嗎？」熱狗拉屎的牙齒打顫，我忙問發生了什麼事。

熱狗拉屎掛掉電話，哭喪著臉：「這下子全完了，一點希望也沒了，咳，我住在四樓的朋友說，酸內褲的臭味已經傳到七舍去了，造成數十人上吐下瀉，所以七舍的學生武鬥男塾已經聯合八舍的橄欖人，要一起殲滅我們了，咳。」

「哪有這種道理？酸內褲的臭味既然傳到七舍，七舍的死大學生應該幫助我們把酸內褲毀掉才對啊！」我忿忿不平。

「沒用的，七舍的學生武鬥男塾認爲酸內褲的味道之所以傳到七舍，咳，全都是因爲酸內褲在二樓以上、居高臨下傳播臭氣的關係，咳，所以他們爲了避免臭氣更盛，索性調了一批比特種部隊更恐怖的死大學生過來支援黃錫嘉。」熱狗拉屎哀傷地說，然後慢慢條斯理地坐在樓梯間，拿出幾顆藥丸開始吃藥。

廖國鈞深思：「比super army還要恐怖的死大學生？那會是什麼？」

見多識廣、久居八舍的熱狗拉屎含著藥丸，說：「根據交大歷年來的統計數據，死大學生的潛力無窮，咳，潛力普通的，七成八可以考上研究所，潛力高一點的呢，咳，五成四可以改造成比強獸人更殘暴的橄欖人，哎，咳咳，潛力更高的話，再加上交大鄰近的新竹科學園區所研發出的尖端科技，恐怕，咳，就是七舍武鬥男塾傳說中祕密製造出的……淫獸人！」

我鬆了一口氣，既然是淫獸人就好辦了。

我自信滿滿地說：「既然很淫，那大家就好溝通了，這個世界上最好講話的就是色情狂，俗話說的好，色情是國際共同的禮貌語言，我還有國際色情人士證明卡IFPI，你看。」

我拿出一張塑膠卡片，卡片上印著我俊俏的臉龐，還有國際色情人士編號007，拿著這張卡走遍國際各大色情宿舍都能橫行無阻。

International Fucking Person I。

廖國鈞跟肚蟲相視一眼，也從口袋裡拿出國際色情人士證明卡，我們默契地點點頭，看來淫獸人毫無所懼，大家都是四海一家。

膽小的王國仍然很不安，他當機立斷脫下身上所有的衣褲，渾身光溜溜的。

「What are you fucking doing？」廖國鈞吃驚，我卻見怪不怪，王國這低能兒一定是想拿隱形水塗在身上。

果不其然，王國仔細地用見鬼的隱形水慢慢塗在身上，全身油油亮亮、金光閃閃，誰看了都會想扁他一頓，只有簡霖良這種等級的變態才會滿臉羨慕地看著王國：「隱形水啊？可不可以分偶一點？」

王國哼哼哼地怪叫，大方地將隱形水交給簡霖良，簡霖良大喜，立刻剝光自己的衣服，將隱形水塗在自己身上，兩個低能兒就這樣翹著屁股、跳著光溜天鵝湖，一臉的驕傲。

「王國，你眞的沒救了。」我拍拍王國的肩膀，我發誓我這輩子絕對要好好保護自己的頭蓋骨，就算有一天頭蓋骨被幹飛了，我也絕不讓裸露的腦袋被沒名沒姓的野狗舔上半天。

「高賽別天眞了。」熱狗拉屎昏昏沉沉地說：「其實淫獸人是很可怕的，咳，他們絕不是一般喜歡看A片、集體打手槍的普通死大學生，也不是幸福的浴室色情四腳獸，咳，他們被打進包羅萬象的興奮劑、甚至還有五花八門的春藥，所以他們什麼都想上，有洞就鑽，見座就插，咳，加上八舍什麼都撞的橄欖人，雙舍聯盟，交大誰與爭瘋？」

「這麼淫蕩？」我訝然。

「咳。」熱狗拉屎咳嗽。咳著咳著，我們已經來到了八舍三樓。

就在這個聊天打屁的當口，樓下傳來淫穢的吶喊聲。

來了！

就在我們失去領袖的酸內褲遠征隊踏上三樓之際。

淫獸人來襲！

□

「幹，怎麼辦？」我著急地夾緊屁眼。

「Do一點thing！」高大威猛的廖國鈞聽到淫獸人的淫蕩後，也不禁緊張地夾緊屁股。

「咳。貼緊牆壁。」熱狗拉屎說道，所有人趕緊將屁股貼緊牆壁，然後將嘴巴閉緊。

這或許眞的有效，畢竟淫獸人聽起來雖色，但卻很笨的樣子。

只有兩個自以爲隱形的蠢蛋居然還敢裸著身子跳天鵝湖。

「天啊，王國怎麼不見了？從剛剛就沒看見他。」我瞇著眼睛。

爲了自保，必須要向好色的淫獸人獻上犧牲者。

「Strange，連那個怪異的舍監也不見了？」廖國鈞也東張西望的，王國與簡霖良越跳越得意，簡直是瘋到外太空去了。

「啊？他們兩個不是在……」肚蟲話沒說完，立刻被廖國鈞用十字拐子鎖勒住咽喉無法言語。

然而，三樓走廊兩旁的寢室的門，全都打了開來，一個個面目猙獰、穿著愚蠢的橄欖球盔甲服的橄欖人慢慢走了出來，而樓梯下也飛快湧上了極度恐怖的淫獸人！

空氣凝結了。

我們的小命只剩下幾秒的時間可以喘息。

一顆橄欖球在慢鏡頭中緩緩地朝我們飛來，我下意識地接住了球。

「吼！」

數十個橄欖人朝我們衝來！

其勢有如千軍萬馬！

「幹！」我受到嚴重驚嚇，手一抖，橄欖球脫手，從身後的窗戶掉了下去。

我閉上眼睛，準備被橄欖人擒抱到肋骨一吋吋斷裂而死，卻只感覺到身旁有許多勁風穿過。

我忍不住睜開眼睛，只見那群瘋狂的橄欖人爭先恐後地跳下窗戶，轉眼間全不見了。

我張大嘴巴，難以置信。

身旁的廖國鈞等人也一副無法理解的樣子。

難道，就這樣？

就這樣，八舍所有的橄欖人都跳下窗戶、追那顆該死的球去？

「好蠢。」肚蟲搔搔頭，然後又拉出一條軟糞出來。

「胖豬，你可不可以有點羞恥心？可不可以大便後不要一副他媽的理所當然？」我忍不住這麼批評。

大學學測又不考拉大便，眞不知道這條肥豬怎麼考進交大的。

「高賽，你的朋友也好不到哪裡去。」肚蟲滿不在乎地說。看著跟簡霖良一起玩撇鳥黑白切的王國，這點我倒是無法辯駁。

而此時，惡名昭彰的淫獸人一邊打槍一邊爬上樓梯，模樣十分駭人。

大約有三十多個淫獸人穿著髒污的梅竹衫，低聲嘶吼：「爲什麼梅竹委員會不設計梅竹褲？爲什麼？爲什麼？」

淫獸人下半身果然沒穿褲子，兩腿哆嗦著。

「只好強姦你們了！」爲首的淫獸人大吼，眼看就要撲上來，不，是快打出來了。

這是什麼邏輯？

「等等！咳！我保證下一次梅竹委員會一定會設計好梅竹褲的！咳咳咳！」熱狗拉屎急道，貼緊牆壁。

「說謊——」淫獸人齊聲怒吼，三十道腥臭朝我們射將過來，我們嚇得快死掉，全身沾滿了新鮮熱辣的洨。

王國聞到精臭，沒有遲疑，立刻戴上了至尊酸內褲，所有的淫獸人立刻假裝沒有看見惡臭的王國大魔王，反而朝我們衝了過來！

「死定了這次！」我好想哭，卻不敢張開嘴巴號啕大哭，免得我連咬舌自盡的機會都沒有。

「拚死一搏啊！」廖國鈞搶過熱狗拉屎的十字弓，但一箭都還沒射出，就被好幾個淫獸人黏在身上，十字弓掉在了地上。

肚蟲無可奈何，滿身大汗地想舉起那把沉重的大斧頭，斧頭卻紋絲不動，沒法子，他只好又開始大便，然後被淫獸人撲倒在地上。

天啊！我們的處男之身就要淪陷在交大八舍三樓了！

「趴下！」

一聲沉著的大吼。

多麼值得信賴，多麼熟悉的聲音！

我看見一個圍著白色浴巾、手裡拿著棒球鋁棒的男子，莊嚴神聖地站在走廊的盡頭。

是白浴巾楊巔峰！

「有鬼！」我慘叫。

然後看見楊巔峰手中撒出一大堆白色粉末，頓時淹沒了整個走廊。

白色粉末的味道好熟悉，啊！是了！是王國丟在二樓樓梯的骨灰包！

「我通過了跳樓不死的試煉，特地前來幫助你們。把耳朵塞好。」楊巔峰淡淡說道。

我怒吼：「幹嘛亂扔骨灰！沒看見我們快被插死了嗎！」

楊巔峰拿出打火機，冷冷地說：「海這個摩門特，我感覺到……」

喀擦。

「要爆了。」楊巔峰。

一縷火光在骨灰煙霧中一閃。

轟隆！

走廊所有的木板門全被炸凹了大洞，整個三樓一震。

是塵爆！爆得我的耳膜都快碎掉了！

煙霧逐漸散掉，灰燼落下。

所有的淫獸人昏厥在地，想來是巨爆震翻了他們的耳膜。

「眞有你的。」我喘氣，將褲子穿好，其餘的夥伴忙著推倒趴在身上的淫獸人。

「沒有我可眞是不行啊。」楊巔峰微笑，手中的棒球鋁棒閃閃發光。

冒險的旅途，只剩下短短的三樓到四樓之程。

□

我看著滿地口吐白沫的淫獸人，心想剛剛眞是好險，白浴巾楊巔峰要是遲來個一分鐘，我們脆弱的人類外殼不知道要被插出幾個洞！

「幸虧你趕到了！」我捏了把冷汗。

「嗯，再遲幾步，王國可能就被酸內褲永遠控制住了。」楊巔峰冷冷地看著跳著天鵝湖的王國，一把將酸內褲拔下他的腦袋，恨恨說道：「由他保管酸內褲真是錯得離譜，只有低能兒才眞的會被這條臭不可擋的酸內褲迷惑。」

王國被拔下酸內褲後，悵然所失地站在原地不動，懺悔似的。

「我的劍斷了！Broken！」廖國鈞兀自不能置信地大吼。

「現在要上四樓了，咳，總算快結束了。」熱狗拉屎病奄奄的臉上也不禁露出蒼白的微笑。

「四樓有什麼新的敵人嗎？有比淫獸人還要可怕的東西嗎？」我不安道。

「恐怕是有的。」楊巔峰自忖。

難道是超級淫獸人？超級淫獸人2？超級淫獸人3？超級淫獸人合體術？

「是什麼？四樓有什麼？我全身充滿anger啊！」廖國鈞憤怒地揮舞著七彩倚天斷劍。

「我也不知道，只是我剛剛上來時經過矽膠的寢室，發現他跟那個死光頭都已經不在那裡了，我想，他們恐怕已經去四樓準備轟殺我們了，矽膠學長跟光頭人都不能小覷。」楊巔峰雖然這麼說，但他的臉色卻沒有擔心害怕的樣子，他的腦子果然跌壞了。

「算了，橄欖人已經沒有什麼可怕的了，我剛剛發現快速幹掉他們的方法，就是把橄欖球丟下窗子，那群笨蛋只會死追著球往窗子下跳。」我說。

楊巔峰嘉許地點點頭，說：「其實也不用太擔心，矽膠學長跟我之間，的確是該分出高下了，我自己也對結果很感興趣。」

「那個光頭人就交給我了！看誰的肌肉大塊！」廖國鈞憤怒地大吼，索性將上衣都脫了，看來會有一場拳拳到肉的好戲。

「好，就交給你。」楊巔峰其實蠻懶得理會廖國鈞這個肌肉棒子，又說：「高賽、熱狗拉屎、肚蟲，你們不要理會戰鬥，只管去找那台強力洗衣機就是了，記得監督王國跟死舍監把酸內褲丟下去洗。」

「我們一定不會再被酸內褲迷惑的。」王國跟簡霖良悻悻地說。

只見熱狗拉屎神祕地咳嗽，好像有什麼對策似的。

「避免萬一，拿去。」楊巔峰走進一間房門被塵爆炸破的寢室，幹了一包洗衣粉給我。

「趕快打一打吧，餓死了。」肚蟲摸著肚皮，難受地說。

我們小心翼翼，聽風觀色地慢步上四樓，我的心裡好害怕，根本無法預料會有什麼事情發生。

從我聽見酸內褲的恐怖傳說開始，我就隱隱約約知道一場大冒險是在所難免的，也約略知道我們會在二樓與三樓遭遇到什麼驚險。這一切，我似乎都在電影院看過？但現在，一股完全無法預知的恐懼幾乎要噴出我的體外。

「電影的第三部曲我還沒看。」我發抖，驚覺這個事實。

「別慌，我也一樣，我連原著都沒看過。」楊巔峰一派的鎮定。

而四樓的地板上，並沒有傳來震天價響的踱地聲，也沒有狂野的嘶吼吶喊，冷清清的，走廊表面上一片寧靜，卻藏有強烈的肅殺！

我們踩下最後一格樓梯，來到了四樓，八舍最高的一樓。

矽膠圍著白色的浴巾，拿著他最厲害的兵器鋁製球棒，身邊是穿著足球制服的光頭人。這在原先的預料之中。

只是，有九個身穿黑色斗篷，完全看不到臉的怪人擋在他們的前面，幽靈似不斷重複唸著：「酸內褲——喔——酸內褲——喔——」

「可恨，我們居然忘記還有內褲靈的存在！」楊巔峰恨恨道：「這些內褲靈恐怕是以前受到酸內褲誘惑的受害者變成的，王國、死舍監，你們要是繼續戴酸內褲的話，就會變成這樣子。」

王國跟簡霖良聽了害怕得直打哆嗦。

□

「放棄吧！楊巔峰！」矽膠大聲說道：「這些學長以前都是酸內褲的受害者，他們絕對不會讓你毀掉酸內褲的，酸內褲上面的怨念他們也有一份！」

楊巔峰舉起鋁棒，喝道：「矽膠！你嚇不倒我的！就算我們這次失敗，等老大來交大，你就算有一千個內褲靈也不夠死啊！」

矽膠一震。

對於老大，矽膠學長畢竟還是很畏懼的。

「管不了那麼多了！上！」矽膠大吼，內褲靈飄啊飄地慢慢向我們靠近，他們的手裡拿著鋒利的匕首，這可不是鬧著玩的！

「混帳啊！現在該怎麼辦！」我慘叫，只見王國居然又要拿起酸內褲戴。

「撐著！撐著！無論如何都要撐著！」楊巔峰掄起鋁棒，擺出全壘打的強力打擊姿勢，說：「剛剛摔下樓時，我已經打電話給老大，希望他老人家及時趕來，在此之前我們一定要撐住，不然就慘了。」

楊巔峰說得對，就算老大真的來救我們，但要是他看見我們被毒打丟了他臉面的樣子，我們只會遭受比參加外星人人體實驗更恐怖的下場。

我驚恐擺出賭神射飛牌的姿勢，一想起那年夏天屁股骨折的慘事，我的精神一下子都來了。幹，這下子非拚命幹掉內褲靈不可了。

「再來一次塵爆吧？」我發抖，洗衣粉掉在地上。

「不行，洗衣粉顆粒太粗，炸不起來。」楊巔峰瞇起眼睛，內褲靈即將進入他的打擊範圍，而廖國鈞也鼓起肌肉，舉起肚蟲一直舉不起來的大斧頭！

一定會見血啊！

「酸內褲——喔喔——酸內褲——喔——」

變態的黑斗篷內褲靈要死不活地唸著，手裡匕首的反光是多麼的令人生懼。

只見熱狗拉屎一邊咳嗽，一邊拿起手機，對著話筒說：「四樓的好兄弟們，該是你們表現，咳，的時候到了，咳。」

「什麼好兄弟？」王國疑惑道，他差點又戴上酸內褲避難。

碰！

四樓寢室的門突然全打開了，一群熱情洋溢、青春奔放的年輕人衝出走道兩旁的寢室，他們梳著油頭、渾身一絲不掛，帶著歡喜無限的笑容簇擁到驚慌失措的內褲靈身旁，閃光燈此起彼落，有如天女散花！

「素人自拍！笑一個！」那群熱情奔放、創意無限的年輕人開心大叫，一手攬著不知道發生什麼事的內褲靈，一手拿起一台台的數位相機，不斷按下快門，喀擦！喀擦！喀擦！喀擦！

久居在臭酸的黑暗過去的內褲靈，一個個嚇得臉都露出來了，他們亟欲掙脫年輕赤裸小夥子的手，原來他們懼怕閃光燈！

「別慌！只不過是閃光燈而已！」矽膠焦急地大喊，但內褲靈隨著閃光燈劈里啪啦的，哀號個不停。

只見熱狗拉屎陰惻惻地在我旁邊咳嗽，說：「咳，沒用的，不管是大人小孩，哥哥姊姊妹妹，都會害怕這些，咳，都會害怕這些素人自拍大軍。」

熱狗拉屎說的真對，我打從心裡覺得想吐。素人自拍應該是年輕可愛的美眉，怎麼會是一群醬爆魔人？

奇異地，那些內褲靈在有如流星雨的閃光燈下，慢慢地化作一股黑色的臭氣消失了，而那些素人大軍任務達成後，也歡天喜地光著屁股回到自己的寢室，好像什麼事都沒發生過，真是可怕的素人大軍。

「你的氣勢已經窮盡了！矽膠！舉起你的鋁棒！」楊巔峰神氣活現。

「別得意，看我的大力金剛腿！」光頭人怒氣沖沖地一踢，腳下的足球有如火龍沖天般向我們襲來，走廊上颳起好大的熱風。

廖國鈞不知死活，大吼：「看我的腹肌厲害！還是你的大力金剛腿厲害！」說著便鼓起他肌理分明的六塊腹肌。

只見那火龍般的足球撞上廖國鈞的肚子，將廖國鈞身後的牆壁也給震出一個大洞，他就這麼抱著足球摔下樓去。好威猛的腳勁！

我探頭往破牆下瞧，看見廖國鈞摔在人山人海的橄欖人中間，天啊！八舍一樓外圍怎麼會有這麼多的橄欖人？

□

數百個橄欖人舉起雙拳，不停地往胸膛上猛拍，咚咚咚、咚咚咚響的人體戰鼓聲威極是浩大，更教我震撼的是，這群橄欖人扯開脖子大吼：

「風！大風！風！風！大風！風！大風！」

可是一點風也沒有。

「楊巔峰……樓下……樓下有好幾百個橄欖人啊！」我驚慌失措。

「那又怎樣？攔得住老大嗎？」楊巔峰嗤之以鼻。

「那他們爲什麼一直喊風？好恐怖啊！」我抓著腦袋，難道橄欖人打算合體，變成人體俄羅斯，然後集體旋轉出一陣龍捲風嗎？好恐怖！

「這種事我怎麼會知道！」楊巔峰不耐地說，舉起鋁棒衝向光頭人與矽膠，我趕緊同其他人跑向傳說中位於曬衣間的強力洗衣機，還不時往後張望楊巔峰以一敵二的戰局。

「口口聲聲老大！我就不信你們老大有多厲害！」光頭人狂嘯，奪命香雞腿踢出，腳上轟出的雄勁，連我在遠遠的曬衣間都可以感覺到一股熱氣。

楊巔峰的鋁棒奮力一揮，竟硬生生被光頭人的猛腳踢成一個熱騰騰的L型，楊巔峰手腕一震，鋁棒脫手掉在地上，矽膠趁隙一棒揮出，楊巔峰白浴巾一揚，慘叫倒地，幹啊！眞是廢柴。

「找到了！」肚蟲大叫，指著一台外表破舊、灰塵滿布的洗衣機，那洗衣機旁邊立了一塊牌子，上面寫著：

超強牌洗衣機榮譽出品，只要一分鐘，不管是什麼顏色、多麼骯髒的東西、多日沒洗的鍋碗瓢盆、多麼不愛乾淨的小孩，本公司出品的超強洗衣機絕對能將其洗成純潔無瑕的皎白色，而且脫水、烘乾一次完成！

如果有產品上的疑問，請撥打本公司的服務電話：03-7878-52778。

注意：請勿將泡麵整碗倒進去或蹲在洗衣機上大小便

「就是它了！」我興奮大叫，楊巔峰、廖國鈞！你們不會白白犧牲的！王國趕緊將酸內褲丟下去，我乾脆將所有的洗衣粉都倒了進去，蓋上洗衣機的蓋子。

但我感到奇怪的是，爲何矽膠跟光頭人不來阻止我們？

我的心感到凜冽的寒意，對啊，如果我們已經來到四樓，木已成舟，矽膠爲什麼還要這麼激烈地阻止我們消滅酸內褲？仍舊硬要將酸內褲塞給我們？爲什麼要冒著跟老大作對的生命危險，也不肯讓我們將酸內褲簡單地丟進超強洗衣機？

我心一驚，馬上蹲下來檢查洗衣機的插頭；記得有部好萊塢搞笑片的結局是，當白髮蒼蒼的神探面對倒數計時的核子彈，無計可施時，竟陰錯陽差地將計時器的插頭拔掉，於是就解救了全世界。

但，洗衣機的電源好端端地插著，沒有異狀，矽膠並沒有破壞它。

我摸摸頭，站了起來。

只見熱狗拉屎虛弱地昏倒在一旁，肚蟲也搖搖欲墜，王國兩眼呆滯地指著洗衣機的投錢口，搖搖頭，我看了投錢口一眼，也感到一陣暈眩。

「請投十萬個十元硬幣。」上面這樣寫著。

幹！那不就是一百萬塊嗎？好黑的洗衣機！

矽膠與光頭人慢慢走了過來，光頭人一臉的不屑，而矽膠則感嘆：「是的，你們這些窮鬼永遠不可能成功的，放棄吧，把酸內褲好好收著，對大家都好。」

我跟王國相擁大哭，天啊，這個任務一開始就註定要失敗啊！

我們這些窮人家的小孩果然沒有用好東西的命，有錢人洗一次衣服就要一百萬，而我身上只有精蟲超過這個數字，老天爺眞是太不公平了，泣。

「戴上去吧，不管是王國或是簡霖良都好，事情總要有個了結。」矽膠嘆口氣，光頭人大吼：「快戴上去！然後滾出八舍，永遠別再回來了！」

熱狗拉屎蹲在地上揮揮手，莫可奈何地咳嗽：「這件事我不管了，隨你們便吧，咳。」

肚蟲索性站了起來，他連拉屎抗議貧富差距的力氣都沒有，說：「我要去女二舍吃東西了，你們誰戴都無所謂。」

整個酸內褲冒險至此，已經終告失敗。

我擦擦眼淚，準備迎接充滿酸氣的大學六年。

王國舉起酸內褲，在陽光煦煦的照耀下，準備自己加冕自己，成爲極惡酸暴大魔王。

「你媽會替你感到驕傲的。」我低著頭，連看的力氣都沒有。

「等等，怪怪的耶。」王國歪著頭。

「什麼東西怪怪的？」我蹲在地上畫圈圈。

「那些風啊大風啊的聲音，好像都不見了。」王國傻裡傻氣地說。

矽膠手中的鋁棒掉落在地上，一臉的驚恐，好像看見肉食性恐龍出現在木柵動物園裡。

一個熟悉的身影，就站在走廊的盡頭，遙遙看著曬衣間裡的我們。

那是惡魔？

不！

那是個連惡魔也不敢直呼名諱的身影。

「丟臉。」那身影看著倒在地上口吐白沫的楊巔峰，一把抓起，然後將楊巔峰朝廖國鈞撞破的牆壁大洞丟下，我似乎聽見自由落體的啪噠一聲。

哈棒，我老大。

□

「等等！老大！我可以解釋！」矽膠嚇得面無人色，一腳將鋁棒踢得遠遠的，顯示自己絕對不敢跟哈棒老大對抗。

哈棒老大沒有說話，只是大剌剌地走過來，眼神充滿「你的脖子最好是鐵做的」

的表情，我跟王國趕緊立正站好，裝出一副剛剛其實並沒有落居下風的樣子。

「矽膠！幹嘛怕成這個樣子？」光頭人憤怒地看著幾乎快跪下的矽膠，說：「虧你還是去年梅竹賽天挑五輪的搏擊冠軍，馬的，這傢伙跩屁啊！看我把他踢到外太空去！」

光頭人怒氣沖沖，連青筋都像蚯蚓一樣纏動在腦瓜子上，他的肌肉瞬間爆發，撐破寬鬆的足球制服，他一雙腳的肌肉尤其驚人，連高筒襪也給撐裂了。

光頭人剛剛將廖國鈞一腳踢破牆壁的力量，坦白說絕對贏過老大許多，不過那石破天驚一腳，只是純粹的物理破壞力，而不是恐怖。

說到底，我根本無法想像老大輪掉的樣子。

在我的眼裡，光頭人全身上下都充滿了喪禮中花瓣紛飛的氣味。

老大沒有停下腳步，只是將拳頭直直舉高，擺明了要殺人。

「看我的大力金剛腿！」光頭人眼看老大沒有將他擺在眼中，狂暴地踢出排山倒海的一腳！

轟！

只見大力金剛腿的鞋子飛出，一股勁全歪了；老大的拳頭由上往下、直直地朝光頭人的腦袋轟落，光頭人電光火石般倒地，腦袋重重一撞。

「鐵頭功是吧？」老大蠻不講理地說，然後又高高舉起拳頭。

「我是金剛腿！」光頭人忿忿，頭昏腦脹地想爬起，鼻血有如尼加拉大瀑布瀉下。

「鐵頭功是吧？」老大一拳下去，光頭人重重倒地，右腳虛弱地朝天空輕踢，一點力道也沒了。

光頭人的腦袋上出現鮮明的拳印，嘴裡吐出雪花般的斷牙。

「我……是……金剛……」光頭人意識迷離地說著，我彷彿看見他的靈魂從鼻孔裡噴出來。

「鐵頭功是吧？不知好歹！」矽膠突然上前，一腳往光頭人的腦袋踹下去，光頭人昏死過去。

我想，現在矽膠的心裡一定完全無法理解自己欺負我們的行動有多麼愚蠢，他汗流浹背地看著老大，乾笑說：「老大來交大，那自然要好好大吃大喝一頓了啊！」

哈棒老大沒有說話，只是一腳用力踢向超強洗衣機，洗衣機受到可怕的巨震，居然開始運轉。老大的腳力足足價值一百萬啊！

我跟王國看著矽膠，而熱狗拉屎、簡霖良跟肚蟲則張大嘴巴看著哈棒老大，他們看見老大輕易毀掉光頭人的大力金剛腿，眼中充滿了崇拜與景仰。

老大瞪著矽膠，沒有說一個字。

「是！」矽膠大聲說道，果決地打開洗衣機的蓋子，二話不多說跳進洗衣機。他明白跳進洗衣機裡自我懲罰，絕對比老大的拳打腳踢還要舒服一百倍。

一分鐘過去，我打開洗衣機的蓋子，矽膠靜靜坐在洗衣機裡面，果然頭髮白了，皮膚也白了，全身上下都白了，香噴噴的好不乾淨。

「眞不愧是強力洗衣機，果然是一分錢一分貨。」我讚道。

不過矽膠學長就這麼一直坐在洗衣機裡，沒有出來過了，因爲他已經被神奇的洗衣機洗成了白癡，腦袋空白一片，從此便成了交大八舍的新傳奇，記載於《交大八舍萬萬不可置信的傳說之七》。

哈棒老大看了矽膠學長一眼，從口袋裡拿出一片吃到一半的吐司，丟進洗衣機，矽膠學長乖乖地撿起來啃。

然後我們就走了，留下矽膠與他的新家。

我看著老大堅強殘暴的背影，心下大慰，立刻帶老大去一樓的寢室，走過樓梯口時，我瞥見一樓宿舍外圍倒了好幾百個橄欖人的殘骸，現場哀聲不絕，而楊巔峰跟廖國鈞就倒在他們之間。一天摔樓兩次，眞是辛苦他了。

王國哈哈大笑：「這些白癡居然敢攔老大的路，眞是活該。」

我向熱狗拉屎他們眨眼示意，暗示他們不要多問老大如何在短短的時間內轟殺數百橄欖人的過程，因爲在夕陽閃耀的光輝下，我依稀看見霰彈槍用的小鋼珠在地上滾來滾去。老大總是粗暴得不可思議。

我裝作沒看見，問道：「老大，現在那條酸內褲要怎麼處理啊？要不要丟進去洗一洗？」

簡霖良連忙說：「主人，酸內褲可不可以給我？」

老大根本沒有搭理這個問題，於是簡霖良便歡天喜地地戴著酸內褲離去，從此酸內褲便一直戴在簡舍監的頭上，但酸內褲的恐怖傳說卻銷聲匿跡了，只留下了臭味，怨念則消失得無影無蹤。

後來廖國鈞、肚蟲、熱狗拉屎跟隨老大的故事，就留待以後慢慢說吧，總之後來在我們唸交大的幾年中，除了偶爾遇到簡霖良舍監時還會聞到酸內褲的臭味外，這段冒險傳奇算是終結了。

一開始我不明白爲什麼會這樣，但出院後的楊巔峰跟我說：「一定是老大的霸氣鎮住了酸內褲，就跟鍾馗壓小鬼一樣的意思吧。」

我想想，也是這樣吧。

因爲多年以後，我又從唸交大的學弟妹口中聽到酸內褲在八舍肆虐的故事，那可是我們畢業多年以後的事了。

來去PUB

時代青年一定要跟得上時代，我們家哈棒老大也不例外，除了打別人跟打我們之外，老大偶爾也會帶我們去一些有趣的地方做各式各樣的探險，例如在很熱的夏天中午蹺課去麥當勞吹冷氣打麻將，或是去跟賣難吃雞排的小販老闆說：「老闆，我要七七四十九塊雞排。等一下來拿。」然後當然不去拿。

現在要講的故事就是我們去搖頭PUB的陳年往事。要開同學會了，回憶總是三不五十地在腦子裡飄來飄去。

當二十幾年前，大約是搖頭丸剛剛出來的九〇年代，哈棒老大跟我們還在唸精誠中學高中部的時候，有一天，我們在上吳老師的英文課上得很無聊。

我們的學校很怪，什麼科的老師都缺，就是不缺國文，所以吳老師自從教了白癡的數學後，還教過體育、美術、物理、化學、還有健康教育，現在則是用他不可思議的韌性在教英文。

「E、N、T、E、R、T、A、I、N、M、E、N、T，課本說這是娛樂的意思，英國人就是麻煩，用十二個字母去組一個字，眞是讓人拿它沒辦法，所以大家在這幾個字母旁邊寫上我的註解，菸特舔門特，希望大家可以記得熟一點，學英文發音最重要。」吳老師在黑板上寫下「菸特舔門特」五個國字，我打了個哈欠，回頭一看，全班早睡得東倒西歪。

這也難怪，英文課是最後一堂課了，疲倦變成集體發作的病。

「老師！菸特舔門特其實是十三個字母。」王國興奮地舉手。只有他精神奕奕。

「啊！加分！」吳老師露出「其實是看看大家有沒有發現」的表情，在點名簿上打了個勾。

眞是無聊的青春啊，又悶又熱的四點五十七，糟糕的英文課。

我朝後看了哈棒老大一眼，老大橫躺在牛皮沙發上，班上所有的三台電風扇環繞著老大嗡嗡嗡吹，老大手裡拿著一根烤香腸啃著。原來是楊巔峰又偷偷在教室後面烤香腸，難怪我覺得教室裡煙霧瀰漫的。

哈棒老大將香腸啃完，意興闌珊地將手中的長竹籤隨意射出，正好命中坐在我前面的罣固酮的後腦勺，罣固酮應聲倒下，下課鈴也正好響了。

「今天晚上去PUB玩吧。」哈棒老大淡淡地看著吳老師。老大果然神機莫測，不知道哪一根筋去想到去PUB玩耍。

吳老師看起來蠻高興的，畢竟很少有學生願意帶老師出去玩耍，何況是哈棒老大。

□

晚上十點，我們一行人便在一家叫作「狂馬」的搖頭PUB前集合，大家都興致高昂。

王國穿了一身正式的白色西裝和棕色皮鞋，他說是他媽媽幫他挑的，他媽媽說去正式的場合應該要打扮整齊，所以連頭髮都幫王國梳得油不溜丟，皮鞋也閃閃發亮。

我打扮得很輕鬆，那年凱文科斯納的「水世界」賣得超爛，所以我穿了一身類似電影裡的破布服表達我對他勇敢砸錢亂拍片的敬意。我還特地帶了一副麻將，免得老大臨時要在PUB裡打麻將卻沒麻將可打的話，他只好打人。

楊巔峰最時髦，他戴上藍色的隱形眼鏡，把頭髮噴成金色的，把自己打扮成外國人。「西洋人船堅砲利，比較容易在PUB把到漂亮美眉。」楊巔峰總是遙遙領先我們。

當時還是參謀的矽膠學長也來了，他穿了黑色的緊身背心，露出他最自豪的粗壯手臂，脖子上掛了銀色的方塊項鍊，熱愛打棒球的他更不忘在小腿內側綁了一根短球棒。

吳老師就老土了，他根本沒有換衣服就來了，跟哈棒老大一樣。老大身上還是穿著精誠高中的制服，頭髮蓬鬆像個神氣的鳥窩，他駕到的時候，白色的制服上還有一些血漬，想必在路上遇到了什麼麻煩。

「進去吧。」哈棒老大說，領著我們進了沒有最低消費的狂馬PUB。

□

狂馬PUB眞是一個好玩的地方，難怪小孩子還沒長大就急著跑來這裡玩。舞池裡的音響吵得要命，一大堆人在五顏六色的燈光裡扭來扭去，還有一個光頭佬在地上打滾跳黑人街舞，像顆鑽石炮，好多人披頭散髮圍在他旁邊尖叫。

「好多美女啊！」楊巔峰在我的耳邊大吼，他不帶謝佳芸來PUB果然是對的，雖然謝佳芸自己本來就不想來，因爲她不喜歡看見血。

「對啊！」我大吼。在這種鬧烘烘的地方，沒大聲說話還眞聽不到聲音。

「老大！要幹架嗎！」矽膠學長大吼。

「老大！要打麻將嗎！」王國大吼。

哈棒老大搖搖頭，帶我們坐在舞池旁邊的沙發上叫酒。

「老師沒錢，你們要自己出。」吳老師話說得很明白，但大家應該也沒有指望過他會請客。我看吳老師跟來的目的很清楚，就是想看免費的鋼管秀，我看了一下節目表，鋼管秀從凌晨一點才開始。

於是我們各自叫了名稱稀奇古怪的調酒，而吳老師沒有點，他等到所有人的調酒都到了之後，才從上衣口袋裡拿出一根吸管，插進我的「螺絲起子」裡跟我一起喝。

「不介意吧？」吳老師羞赧地說。

眞是省錢省瘋了，我變成中年人的時候如果跟他一樣，我一定呑大便自殺。

「我能有什麼辦法？」我學他的口氣。

於是吳老師該死的吸管便開始在大家的調酒裡遊走，這邊喝一口，那邊喝一口，然後在矽膠的萊姆酒裡吹著泡泡，搞得矽膠的臉色很難看。

接下來的三十分鐘裡，大家圍著動機不明的哈棒老大戰戰兢兢地坐著，老大搔著他的鳥窩頭，頭皮屑雪花般掉進他點的咖啡牛奶裡。他這麼無聊一定是在等什麼。

大概是等我們惹事吧？還是等好辣好辣的鋼管秀？還是在觀察哪裡是最好的起火點？

「老大，我們可以到處玩嗎？」王國提議。

「嗯，好好玩吧。」哈棒老大打了個哈欠。

太棒了，第一次到這種地方當然要好好玩一下，何況，要不是哈棒老大把守門的警衛打昏裝在路邊的可燃性垃圾桶裡，我們這些未成年時代青年還進不來呢！

「喔喔喔喔喔喔喔，熱情的小妞我來囉！」楊巔峰瘋狂地跳著不知哪學來的豪華舞步，很自然地融合在一堆年輕美眉群中，那些白癡女孩子一看到他是個洋鬼子，立刻興奮地將身體貼了上去，跳起了黏黏舞。

我可不會跳舞，要把妹我也不行，何況那些辣妹太漂亮了，不是我長期投資的對象。漲停板過後總是會下殺的，所以我只交看起來很醜的女孩子當女友。

而我的眼睛，早就發現在PUB的角落裡，一扇突兀的屏風後面，躺了一個非常醜的闊嘴女人，那醜女正在睡覺，身上的衣服裙子被撕得亂七八糟，十幾個男生井然有序排成長長的一列，輪到的就抓著她的兩隻腳晃動一番。

我不是笨蛋，我知道那個學名叫「大鍋炒」，所以我也過去排隊，一個服務生親切地遞給我一張排隊專用的號碼牌，上面寫著「16」。後來我才知道這個「大鍋炒」其實是他們店裡的娛樂節目，假的，專門滿足想大鍋炒卻沒鍋可炒的痴漢。

我一邊排隊，一邊看著王國在舞池裡吸引眾人的目光，他的雙手成掌，非常規律地上下晃動，像一隻垂死的鳥，而雙腳像跳繩般用力立定跳。

樣子好蠢。

可是那些年輕不懂事的辣妹卻以爲王國是故意要寶來鬧大家的，個個笑得亂七八糟，還幫忙王國打拍子、鼓掌、吹口哨，搞得沒人要看那個用腦袋頂著地板、辛苦跳街舞的光頭佬。

光頭佬不爽地站了起來，坐在舞池的左端，遠遠瞪著搞笑的王國，他的身旁坐了一群古惑仔，還有一個看似黑社會大哥的平頭男。

「好可愛喔！」一個109辣妹笑得花枝亂顫，指著王國大叫。

「oh——He's my friend, Wang-go! He always catch everybody's eye in a thousand ways！」楊巔峰靠了過去，藉話題跟那個109辣妹攀談起來。

眞是高手！

□

舞池的右端，本來以爲有架可幹的矽膠意興闌珊地坐在老大旁邊，無聊到用左手跟右手比腕力，愛貪小便宜的吳老師索性將吸管插進所有人的飲料中，然後一邊在桌子上出英文期中考考卷。題外話，上次模擬考吳老師出了張完全沒有英文的英文考卷，搞得所有三年級的學生都滿不開心的。有機會說給大家聽。

時間在撞來撞去的喧囂噪音中遲緩流動，我好不容易往前挪了七個人的位置，只剩下九個人就輪到我了，那個醜女居然開始打呼，於是我開始擔心等一下萬一舉不起來怎麼辦。

我不禁羨慕起被一堆美女圍在中間的王國，他的「翅膀彈跳舞」跳累了之後，就開始在舞池中央模仿起電動按摩棒的螺旋旋轉，全場的人都笑翻了。

王國越受矚目，那個光頭佬就愈不是滋味，他身邊的黑道平頭男不知道說了什麼，那個光頭佬一臉快爆發的樣子，站了起來，逕自走到ＤＪ旁邊將吵死人的音響停掉，全場頓時譁然。

音樂一停，所有人都看著一臉尷尬的ＤＪ，面面相覷。他們大概是嗅出濃厚的火藥味了。

我趕緊將號碼排丟掉，回到座位上。沒有比老大身邊更安全的位置了，所以楊巔峰也丟下剛開始舌吻的109辣妹，坐在我旁邊，只有渾然忘我的王國還在舞池中間模仿按摩棒。

「幹！你這小鬼在玩什麼！」那個黑道平頭男一掌用力拍向桌子，桌子居然應聲斷裂，整間PUB鴉雀無聲，王國大夢初醒般跌在地上。

哈棒老大神色不悅，同樣一掌拍向桌子，但桌子只是微微一震，並沒有裂開。

我看了一下桌子，天啊，黑道平頭男可真有兩下子，居然可以拍裂這麼厚實的木桌，顯然是個練家子。

「老大該不會打輸他吧？」我震驚，與唇語詢問身邊同樣是格鬥怪物的矽膠學長。

「桌子會痛嗎？」矽膠學長冷冷地說。

我不明白。

「如果桌子會痛，現在早就裂成十八片了。」楊巔峰自信滿滿看著老大。

王國如老鼠般倉皇逃了回來，而那群古惑仔跟在黑道平頭男跟光頭佬的身後，從人群中走了過來。

一場大戰勢不可免。

□

「幹你媽的，這根按摩棒是你的小弟嗎？」黑道平頭男的人馬將我們這一桌圍了起來，輕蔑地看著哈棒老大跟王國。

「按摩棒，你很會耍寶嘛！給我跪下！」光頭佬摸著王國的後腦勺，突然將王國的臉用力按下，碰！王國吃痛摔倒。

我緊張地看著哈棒老大，他老人家自顧自喝著漂著頭皮屑麥片的咖啡牛奶，然後開始挖鼻孔。

黑道平頭男冷笑，拉了張椅子坐下，從懷中拿出一把藍波刀，輕輕放在桌子上：「小朋友，來PUB還穿著高中制服啊？私立精誠中學學費很貴吧？今天如果要叔叔保你的小弟，要收的調停費也不少喔。」

光頭佬將他的鞋子踩在王國臉上，不屑地說：「老大，別跟他收錢，我是決心把這白爛打成殘廢了。不過如果硬要跟他收，醫藥費就便宜算他十萬好了。」

王八蛋，說來說去都是要錢，這就是骯髒的黑道。

此時PUB所有人都躲得遠遠地看著這場好戲，只有吳老師全神貫注地在出他的考卷。

「老大？」矽膠學長忍不住開口，他搞不懂老大怎麼還會在挖鼻孔，絲毫不管王國的死活。

難道哈棒老大真怕了這群古惑仔？

「玩過真正的藍波刀嗎？叔叔教你。」黑道平頭男看哈棒老大好像在發呆，大概是很不開心吧，於是拿起藍波刀，非常快速地朝哈棒老大放在桌上的手掌一陣急刺，咚咚咚咚咚咚咚！每一刀都很俐落地插在五根手指間的縫隙，大概連續插了三十秒，桌子上早已坑坑洞洞。

好驚人的速度跟勁道！這「快刀刺指縫」把戲可是當時最流行的恐怖遊戲，尤其拿別人的手來玩，更教人心驚肉跳。

「三十秒，七十七下。大人的黑道跟小朋友的家家酒不一樣的地方就是，大人的黑道有個規矩：不肯付錢的結果，就是付更多的錢。」黑道平頭男狠戾地說：「少一下就賠一萬塊，換你。」然後將手掌攤在桌上。

哈棒老大連看他一眼都沒看，直接拿起藍波刀往黑道平頭男的手掌上一刺！

「啊——」黑道平頭男慘叫，那柄銳利又寬大的藍波刀就這麼直貫下去，沒入厚實的木桌，刀柄護手的扣環都壓到平頭男的手掌了。

那群古惑仔大驚失色，整間PUB的人全都不由自主往後退了一步，尖叫聲連連。

光頭佬怪叫一聲差點跌倒，看著自己的當家老大滿頭大汗、五官扭曲地哀號，不知如何是好。

「欠你七十六萬。」哈棒老大的手還是握著那把藍波刀，鮮血慢慢流下桌子。

「快拔出來！」光頭佬大叫，拿出一支蝴蝶刀，十幾個古惑仔全都亮了傢伙鼓譟著。

「拔出來要一百七十六萬，合一百萬整。」哈棒老大冷冷地說。

「你搶錢啊！」光頭佬憤怒地大叫。

哈棒老大打了個噴嚏，手一滑，藍波刀一震，那黑道平頭男又慘叫了一聲，好淒厲。

「一百一十萬。」哈棒老大說，這種賺法眞是太屌了！

那黑道平頭男拚命地點頭，大吼：「我給！快拿開！」幾乎快哭了出來。

「老大別給他！」光頭佬怒急攻心，將王國拉起，蝴蝶刀架在王國的脖子上，大叫：「把你的手拿開！不然我幹掉他！」

哈棒老大不耐煩地說：「一百二十萬。」

「小心我幹掉他！」光頭佬大吼。

「一百三十萬。」哈棒老大一手挖著鼻孔，一手不住地搖晃刀子，搞得血濺得到處都是，那黑道平頭男將臉貼在桌子上痛苦慘叫：「死光頭你幹什麼！快住手！」

光頭佬忿忿不平地將王國推開，我趕緊將王國接住。

哈棒老大從書包裡拿出一張本票，那黑道平頭男趕緊滿臉大汗地在金額上塡了一百三十萬的數目和名字，免得金額跳到一百四十萬。

楊巓峰代替老大確認了金額無誤後，更核對了黑道平頭男的身分證，於是哈棒老大開口：「黑道了不起嗎？把手放在柱子上。」瞪著欺負王國的光頭佬。

「還不快——」黑道平頭男的眼淚終於流了下來，雙腳也跪在地上了。

光頭佬顫抖地將手掌放在柱子上，哈棒老大於是將藍波刀抽起，重重地往光頭佬的手掌上射了出去。

然後又是一聲慘叫，那把藍波刀不偏不倚插在光頭佬的手掌上，深入手背後的柱子。

黑道平頭男摔倒在地上，捧著自己滿手的鮮血，大叫：「還不快宰了他！把本票搶回來！」

我差點就要躲到桌子底下觀戰了，但那群古惑仔手中的刀子突然鏗鏗鏘鏘地相互碰擊，我才注意到他們拿著刀子的手原來是在顫抖。

「老大……我……我們認出來了……四年前在孔廟前面，拿槍把我們全幹進醫院的……就是他！」一個拿著狼牙棒的古惑仔突然哭了出來，然後所有不良少年的兵器全掉落一地。

哈棒老大沒有多說什麼，也沒有從書包裡拿出槍還是手榴彈之類的東西，他只是將咖啡牛奶給喝完，聽著光頭佬斷斷續續地哀哀叫。

「出完了！耶！」吳老師突然抬起頭來，鬆了一口氣似的，我偷偷看了一眼，那考卷果然還是沒有半個英文字母。

「那走吧。」哈棒老大起身，連看都不看摔倒在地上的平頭男一眼。

於是我們沒看到鋼管秀，也沒排到大鍋炒就走了，十分可惜，我們好像是專門來等吳老師出完考卷似的。

後來我聽朋友的朋友說起那天晚上的後續：那根柱子不是水泥柱，而是用大理石做的，所以那把藍波刀足足拔到天亮才拔出來，光頭佬拔到失禁又脫水，從此再也沒有出現在狂馬PUB裡。

到底還是矽膠學長說的對，桌子不會痛。

獵殺聖誕老人

聖誕節對大家的意義很簡單，就是恭恭敬敬寫張卡片給哈棒老大。而今年聖誕節還沒到，哈棒老大就已經收到一千多封卡片，其中校長的那一份還是今天早上升旗典禮時在司令台上公開頒發的，全開的好大一張，上面還有各處室教職員的簽名畫押，頒發卡片的時候大家拍手拍到手都腫了起來。

現在是第八節課了，離放學只有半小時。

「明天是十二月二十五，今晚就是聖誕夜了，不知道幹什麼好玩？」我一邊打呵欠，一邊偷偷將坐在前面的塔塔的長頭髮打結。

「楊巔峰一定想去參加彰中的舞會，要不，乾脆叫矽膠學長把他爸的車開出來，直接殺去台中的東海舞會！」王國說完，看了老大一眼。

老大正躺在教室後面的大牛皮椅上，批改著大家的卡片，似乎頗滿意大家洋洋灑灑的祝福言語。

其實我們想幹什麼都不重要，最重要的是老大想幹什麼。老大總是有計畫的。

我又看了楊巔峰一眼，他正在教室後面的電動遊戲機台跟林千富打「勇猛拳擊」，聲音吵得老師都沒辦法好好上課，但機子是老大從小鋼珠店裡搬來的，老師也不好意思說些什麼。

突然一聲巨響，我的耳膜都快震破了。

哈棒老大瞪著教室外面，他的課桌上留下一個燃燒的掌印，顯示老大心中的一團火。

「爲什麼卡片裡都在下雪，我怎麼什麼屁都沒看到！」哈棒老大看著操場。

站在台上打瞌睡的吳老師迷迷濛濛地看著哈棒老大，搔搔頭。

全班都靜了下來，幾個女生還偷偷在哭。

「一定有人要爲這件事負責。」哈棒老大依舊看著窗外，教室裡只聽得見勇猛拳擊的電動聲音。

是誰要負責？是當初畫緯度的那個人嗎？是台灣總統嗎？是氣象局局長嗎？

「不是我。」吳老師舉手，很認眞地說。

我也知道不是。

「饒不了你，穿著紅色制服的死胖子。」哈棒老大的臉色鐵青，窗戶上的玻璃頓時出現幾條裂痕。

原來是聖誕老人應該負責。

「沒錯，他應該負起全部的責任，百分之百。」楊巔峰站了起來，第一時間趨炎附勢是他的拿手好戲。

「可惡的聖誕老人，我也猜到是他搞的鬼。」我憂心忡忡地說：「再這樣放任他胡攪瞎搞下去實在不行。」

「沒想到幕後的黑手竟然是他，實在是要不得。」王國嚴肅地托著下巴。

班上的同學七嘴八舌地發表種種「聖誕老人眞是太糟糕、太陰險了」、「要是我的手中正有一把槍，我不斃了聖誕老人才怪」之類的意見，一時之間鬧烘烘的。

「我要把他揪出來。」哈棒老大的額頭上罕見地爆出一條青筋，看樣子今年的聖誕夜節目已經決定了。

聖誕老人，準備領死吧。

□

放學後，哈棒老大怒氣沖沖地走在市區的馬路上，制服的袖子高高捲起，我們則跟在他老人家的屁股後面耍威風，路人遠遠見到我們就閃開，絲毫不想招惹人體核彈。

三商百貨前，一個不幸扮成聖誕老人的工讀生站在門口，笑容可掬地發著傳單跟小禮物。今天眞不是他的天。

哈棒老大領著我們大步向前，但白目的聖誕老人依舊笑得很燦爛。

「先生聖誕快樂，這是我們的小禮物，祝您……」聖誕老人彎著腰，揹著肥肥的大禮物袋，將小禮盒遞上前。

砰！

哈棒老大的腳已經踩著被擊倒的聖誕老人，憤怒地大聲質問：「爲什麼彰化沒有下雪！」

工讀生黏著假鬍子的臉痛苦地扭在一起，嘴巴不停噴出嘔吐物，像個很有趣的噴泉，聰明的楊巔峰趕緊拿出照相機拍下來做紀念。

「喂，我們家老大在問你話，你到底要不要全盤托出眞相？」我蹲下，將錄音機放在無法言語的聖誕老人嘴邊。

此時幾個警衛匆匆跑了過來看看發生什麼事，不幸的是，他們也應景地穿上紅通通的聖誕老人裝，眞是飛蛾撲火。

「又來了一堆混蛋！」我恨恨地說。

凶狠的矽膠學長將嘴裡的菸丟掉，從書包裡拿出球棒將警衛們很乾脆地擊倒，然後用跳繩一一綁在路邊。

哈棒老大看著這五、六個聖誕老人，指了指已經黃昏的天空，說：「雪呢？怎麼一粒雪都沒有？」

幾個聖誕老人面面相覷，實在不知道該怎麼回答，我只覺得幾個聖誕老人像綁粽子一樣被綁在路邊，然後配上矽膠學長拿著球棒毆打逼問，實在是個大爆笑的畫面，於是楊巔峰又拿起了相機，喀擦喀擦地拍下。

「老大，我想他們不是眞的聖誕老人，問他們也沒有用。」楊巔峰放下相機，總算是說了句人話：「因爲他們沒有麋鹿。」

哈棒老大閉上眼睛，一種被欺騙的情緒湧上心頭的感覺。

「你們的麋鹿呢？」哈棒老大從書包裡抽出一張卡片，指著上面的可愛麋鹿說。

「我們……我們從來就沒有……麋鹿……」一個警衛邊說邊吐出嘴裡的斷牙。

哈棒老大瞪著他們，顯然很不滿。

「可見這群是冒牌貨，要不，就是這群新聖誕老人窮得連麋鹿都買不起。」我說，打開其中一個裝禮物的大袋子，靠，居然都是一包又一包的面紙或是廉價的鉛筆盒，眞是寒酸。

「也有可能是他們把麋鹿給賣了，慈祥的聖誕老人爲了要買禮物給貧窮的小朋友們，把家裡可以賣的都賣了，就連朝夕相處的麋鹿也難逃跟主人分開的命運，在一個大雪紛飛的夜裡，聖誕老人牽著凍僵了的麋鹿，一把眼淚一把鼻涕……」王國感傷地說，陷入自己編造的悲哀故事情緒中，最後居然還流下了眼淚。

那群兼差當聖誕老人的警衛聽得都呆了，顯然很震驚王國的白癡。

楊巔峰察言觀色，知道哈棒老大還在盛怒之中，於是順水推舟地說：「現在這個社會什麼東西都有假貨，他們一看就不是眞正的聖誕老人，眞正的聖誕老人一定偷偷躲在別的地方，準備今天晚上發動空投禮物大作戰。」

我點點頭，說：「一定得查出禮物空投的時間跟地點，才能逮到眞正的聖誕老人，逼他交出雪來。」

哈棒老大的耳朵動了一下。

楊巔峰接口：「時間跟地點太難掌握了，不過既然聖誕老人是從天而降，自煙囪空投禮物的，我們可以抓住這一點，諒他插翅也難飛，到時候如果他交不出雪來，哼哼，我們就綁架他，跟聯合國童話基金會勒索一大票。」眞是邪惡，惡魔黨的頭目雙面人都沒他一半壞。

哈棒老大的頭髮豎了起來。

「不用綁架他。」哈棒老大的眼神充滿魄力：「直接搶劫他背上的那一大包東西，烤了他的鹿吃，然後把他賣給王國他媽媽。」

我打了個冷顫，眞不愧是老大。

□

「蠻冷的耶。」

我說，拿著望遠鏡的手抖得厲害。

我們站在八卦山一處瞭望台上，從這裡可以看見萬家燈火，以及交流道下台化公司的幾管大煙囪。

「別抖，仔細看著天空，別漏掉任何一頭會飛的麋鹿。」矽膠學長說，他說得倒輕鬆，什麼別漏過任何一頭會飛的鹿，要發現半頭都很困難。

年底的夜晚眞的很冷，特別在山上，晚風中還有露水的潮濕氣味，教人直打哆嗦。

「該換手了吧，我已經看了一個小時了。」我說，拍拍王國的肩膀，其實整個晚上就我們兩個人在換手，我們的等級一直升不上去。

我將望遠鏡拿給王國，蹲在地上跟大家一起烤肉，菜色有平常的牛肉片跟豬肉片以及香菇等等，還有哈棒老大剛剛在路上幹掉的一頭山豬，掛掉的山豬被串了起來烤，香氣撲鼻。

「跟著老大眞是好口福，沒想到還有山豬可以吃。」楊巔峰愉快地說，雖然我知道他寧願去舞會把妹，也不願在陰冷的山上等待獵殺聖誕老人。

我拿著烤肉醬刷著山豬，心想，這頭山豬一定覺得很不可思議，居然會在草叢裡被一個土流氓幹掉，就像我一樣，我也覺得很奇怪自己怎麼會坐在火堆旁等著聖誕老人被我們擊落。而且還是被沖天炮擊落。

是的，你沒聽錯，是沖天炮。

我們剛剛還在山下採買烤肉的東西時，該死的王國提到了我們該怎麼把聖誕老人從天上打下來，但我們不知道去哪裡可以買到火箭炮或響尾蛇飛彈甚至是阿帕契直升機，打電話去警察局問也被罵白癡，正當我們陷入困境的時候，老大怒氣沖沖走進雜貨店抱了一大箱沖天炮出來，擺明了要用沖天炮幹掉會飛來飛去的聖誕老人，可是就算是我，也知道沖天炮的射程實在太短，除非我們能有效地接近聖誕老人，近到二十公尺內才有一絲希望。

爲了掌握聖誕老人的行蹤，我們剛剛還拿著全班同學的聯絡冊一個一個打電話，要所有人今天都得徹夜守在家裡的陽台，用望遠鏡監測整片天空，要是發現聖誕老人出沒，就打電話來通風報信，好讓我們衝過去逮他。

「聖誕老人出現了！」王國大叫。

我嚇壞了，抬頭一看，哪有什麼聖誕老人，只是一架夜間飛行的飛機。

眾人意興闌珊地坐下，繼續烤山豬。

「我在想，說不定聖誕老人只到有雪的地方，沒有雪的地方他是不會來的。」楊巔峰忍不住開口，想打消哈棒老大的計畫：「也許聖誕老人現在正在日本北海道的大雪山上發禮物，也可能在加拿大，也可能在紐約，或是在任何一個有雪的地方……」他心裡一定還沒放棄舞會把妹的計畫。

我點點頭，附和：「這會不會是一種病啊？就像吸血鬼害怕陽光，聖誕老人說不定根本就是一頭雪人，要是氣溫太高，雪人就會融化，所以聖誕老人從來不在沒雪的卡片上出現，這點非常可疑。」

王國大叫：「聖誕老人！」

矽膠抬起頭看了一下，罵道：「胡扯，看清楚了再說，那是飛機！」

我杵著下巴，看著哈棒老大將山豬的腿撕了下來，大口吃著，似乎對我們剛剛的話沒有反應。

「聖誕老人是不是雪人我不知道，但他一定有病。」矽膠學長也撕了一條山豬腿，說：「要不然他怎麼只穿紅色的衣服？像個大紅包袋似的，我從沒在卡片上看過他穿別的顏色的衣服。」

王國拿著望遠鏡陰陰地說：「我媽說，穿紅衣服上吊的人會死不瞑目，變成厲鬼報仇，永世不得超生。聖誕老人一定是穿紅衣服上吊死的，才會過了幾百年都還在搞神出鬼沒，那些麋鹿一定也是鬼魂，要不然怎麼會在天上飛來飛去？」

現在已經是半夜一點多了，山裡鬼影幢幢，我聽了有些恐怖，問：「那聖誕老人這頭厲鬼爲什麼要挨家挨戶丟禮物？」

王國繼續看著天空，說：「我猜那一袋裝的根本就不是什麼禮物，要不然送禮物幹嘛偷偷摸摸的，敲門大方送就可以啦。那一袋裝的一定是靈魂。」

楊巔峰嗤之以鼻，說：「挨家挨戶送靈魂？」

王國搖搖頭，說：「剛剛好相反。是挨家挨戶偷不乖小孩子的靈魂，如果小孩子一整年都不乖，他的靈魂就會被聖誕老人偷走、裝進袋子裡，所以聖誕老人總是笑呵呵的像個精神病。」

我全身起雞皮疙瘩，說：「聖誕老人以前一定受過很多小孩子的欺負，所以才會穿紅衣服上吊自殺，這中間的深仇大恨到底隱藏了什麼樣的恐怖祕密？到底有多少曲折離奇的恩恩怨怨讓一個百歲老人要用自殺的方式解決問題？」

王國不禁流下了眼淚，看著天空說：「從此聖誕老人在一年一度的夜裡，駕著幽靈麋鹿車，跳進煙囪裡獵取不乖小孩的靈魂，唉，如果當初那些小孩子沒有使盡種種卑鄙的手段虐待聖誕老人就好了，就不會讓百年後的無數不乖小朋友遭到聖誕老人的毒手。唉，冤冤相報，這又何苦呢？」

我跟王國相擁而泣，楊巔峰跟矽膠則用一種很不屑的眼神看著我們。

「啊！聖誕老人！」王國大叫。

「王八蛋，這會兒是流星還是飛機啊？」矽膠不耐看著天空。

只有一個不知道是什麼的東西在空中慢慢地飛來飛去，越來越近，最後停在一間小工廠的煙囪上盤旋著，那東西絕不是飛機，沒那麼大，移動的速度也很流暢，實在是……

我驚叫了出來：「真的是聖誕老人！」

「快過去看看！」楊巔峰大驚，此時他也不由得不信。

「那東西好像不是聖誕老人跟他的麋鹿？」矽膠搶過望遠鏡看著，說：「倒像是飛碟？」

「喔喔喔喔喔原來聖誕老人已經不坐麋鹿了！改搭飛碟！」我很興奮。

「他媽的說不定聖誕老人就是外星人！」楊巔峰也很興奮。

哈棒老大卻沒有要衝下山的意思，只是從矽膠他爸的汽車行李廂拿出那一缸沖天炮。

「衝下去就來不及了，直接把聖誕老人打下來！」哈棒老大語氣平淡，但動作卻很果決，一下子就將沖天炮架好，好像一群地對空飛彈。

楊巔峰看著盤旋在小工廠煙囪上的不明飛行物體，忍不住說：「我們還是趕快衝下去吧，沖天炮的射程絕對到不了那裡啊，老大！」

哈棒老大瞪了那不明飛行物體一眼，慢慢說道：「不管是什麼東西，只要還在天上，我都可以用沖天炮把它給打下來！」

我流淚了，真是太有英雄氣魄了，不愧是我的主人。

哈棒老大拿出打火機，瞪著遠方的不明飛行物體，點燃將所有沖天炮綁在一塊的引信，命令道：「聽好，去把聖誕老人打下來。去！」

大喝一聲，數十枚沖天炮呼嘯而上！

「上啊！」我大吼。

「無敵沖天炮！」王國舉起雙手大叫。

沖天炮咻咻咻咻朝不明飛行物體前進，奇蹟似地居然沒有爆炸，直到不明飛行物體眞的撞上那怪東西的瞬間才一齊炸翻！

我們全傻了眼，除了已經在發動汽車的哈棒老大以外。

「還不快上車？準備麻布袋跟棍子，咱們去搶聖誕老人了。」哈棒摳著鼻孔，將鼻屎黏在方向盤上。

我抬頭一看，那不明飛行物體果眞晃了一下，無力地朝地面墜落。

於是我們興高采烈地將吃到一半的烤山豬抬上車，飛奔！

□

「沒想到眞的擊落了飛碟！」矽膠開窗大吼，手裡的棍子不斷敲著車門。

「是聖誕老人！」我開心地吼著，山豬的頭卻一直抹著王國的臉，弄得他滿臉都是油。

「是開著飛碟的聖誕老人啊！」楊巔峰捧著豬身，也樂得忘形。

車子很快來到夜深人靜的山下，不明飛行物體就墜落在早已廢棄的小工廠院子中央，我們一下車就拿著棍子爬過小工廠的圍牆，跳下，從四面八方圍住那冒煙的怪東西，免得聖誕老人趁隙逃逸。

那墜落的飛行物體不管從哪個角度來看，都是我們熟知的飛碟造型，圓圓扁扁的，大約有三十幾坪，銀光機機歪歪地閃爍，還有一個半透明的大蓋子。

「還躲？」哈棒老大大刺刺踏上飛碟的圓盤機翼，手中的棒子猛力揮下，那半透明的大蓋子不知道是什麼材質做的通通不重要，總之應聲裂開，在哈棒手下沒什麼絕對防禦的東西。

我探頭探腦看著哈棒老大將大蓋子拔開、丟在一旁，所有人一齊靠了過來，見證這偉大的搶劫時刻。

飛碟裸露的駕駛艙裡躺著兩名……頭大大、嘴巴小小、耳朵尖尖、額頭寬寬、身體瘦瘦的……

「外星人？」王國疑惑道。

哈棒老大暴怒，一棍將複雜精密的儀表板打爛，大聲問道：「你們不是應該穿著紅衣服嗎！」

兩名外星人驚恐地看著地球的第一偉人哈棒先生，拿出一個很像麥克風的東西，顫抖地說：「我們來自銀河系的……」

「我問你爲什麼不穿紅色的衣服！」哈棒老大又是一棍敲下，儀表板整個毀了，冒著濃濃的煙。

我嘆了一口氣，這兩個外星人惹到最不該惹的人，別想回到遠在銀河另一端的家了。

「我們的太空衣沒有紅色的……」一個外星人看著儀表板，流露出震驚又哀傷的表情。

「靠！那你們的鹿呢！你們的大背包呢！快交出來！」哈棒老大氣瘋了，能夠讓他氣到這個程度還眞不容易，連上次在PUB王國被流氓痛扁時哈棒老大都沒當一回事。

兩名還坐在椅子上、綁著安全帶的外星人不知如何是好，依我看他們根本就不是聖誕老人，不過他們被老大擊落也不算冤，誰教他們地球這麼大，偏偏跑到小小台灣的小小彰化，小小彰化的小小八卦山旁，小小八卦山的小小工廠的小小煙囪上，根本就是故意來挨炮的。

「被沖天炮擊落，你們的飛碟眞爛。」王國感傷地看著他們。

「快交出來！」哈棒老大一棍落下，坐在右邊的外星人咚地一聲昏倒，歪歪斜斜地翻白眼。

坐在左邊的外星人驚呆了，馬上恭恭敬敬地說：「我們沒有大袋子，也沒有鹿，不過我們是從銀河系的……」

哈棒老大額頭青筋暴現，用近乎核彈轟炸的聲音罵道：「靠！那你浪費我這麼多沖天炮做什麼！」

外星人沒有經驗，來不及跟上我們這群跟班塞住耳朵的速度，一下子就被哈棒老大的巨吼聲轟暈，還流出綠色的口水。

「靠，打包！」哈棒老大意興闌珊跳下飛碟，我們一邊將兩個外星人裝進麻布袋，一邊研究外星人在飛碟裡的新奇擺設。

「眞是炫啊，一輩子都沒想過會綁架外星人。」楊巔峰嘖嘖稱奇，忍不住在飛碟裡東摸摸西碰碰，還拔了一個看起來亮晶晶不停在發光的東西當作紀念品。

「而且還是兩隻，不知道能賣多少錢？這麼瘦，價錢一定很差。」王國跟我將外星人丟進麻布袋，還打了個死結。

「還得問你媽吧。」我應道。

的確，天亮前我們開車到王國他家將兩個外星人用萬把塊賣給他那什麼鬼東西都買的媽，之後還去永和豆漿店吃了宵夜，哈棒老大的臉一直都很陰沉，顯然對逃過一劫的聖誕老人感到很不滿。而我們忘記打電話一一通知那些徹夜守在陽台上的同學行動結束，結果害他們全都感冒了，幸好第二天放大假正好給他們吊點滴。

至於外星人被我們綁架的後續事件，又是另一個故事了。

肚蟲的早餐店

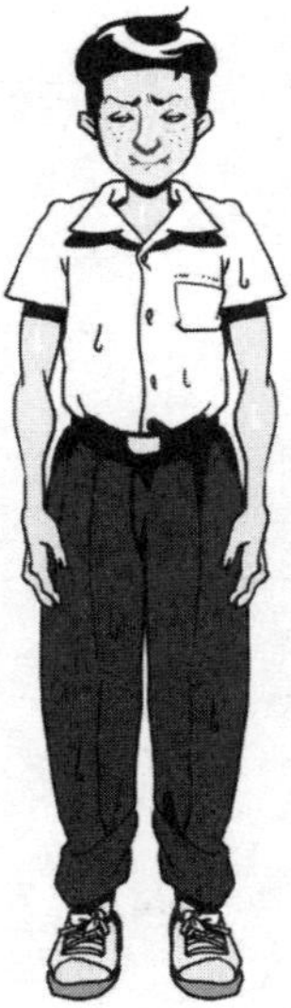

肚蟲開過不少家店，都是賣吃的，雖然是賣吃的，但其實都不可以吃。期待一個整天都在拉肚子的人做出讓人不拉肚子的東西，是沒有道理的。

有些人說：「東西可以亂吃，但話不可以亂講。」我很想叫發明這句話的人去吃肚蟲做的早餐，然後我繼續亂講我的話。

說到賣吃的，有生意頭腦的人都知道，要賣吃的東西最好選在學校附近，因爲學生年輕不懂事，以爲什麼都可以吃，你只要把醬汁的口味弄得重點，就算淋在大便上他都咬得下去。

所以肚蟲也選了一個好位置開早餐店，就在平和國小附近，過一個天橋就是精誠中學，隔了一道牆就是彰安國中，平常也有很多愛蹺課的學生走來走去。總之就是一句話，天時地利人和。

「我想做一點不一樣的早餐。」

肚蟲當初信誓旦旦的表情，現在就跟地上的口香糖渣，不知道黏在誰的鞋子底。

□

今天是新店開張，可哈棒老大跟王國都沒空來，於是只好由我高賽出馬剪綵，不過我一進門，就看見肚蟲昏昏沉沉地坐在椅子上，無精打采地，我也不便打擾。

於是，我坐在店裡看免費的舊報紙，喝著我從對面7-11買來的陽光豆漿，吃著7-11的火腿玉米三明治，等著去上班。關於我上什麼班，那可是別的故事，現在我們把聚光燈打在現年三十歲的肚蟲身上。

「喂，你哪來這麼舊的舊報紙啊？都已經是上個月的新聞了，哇靠，還是去年的上個月。」我隨口提提，雖然我知道肚蟲一定不會換。

肚蟲叼著根菸，趴在桌子上昏睡，菸蒂都快燒到他的豬鼻子。

此時，有兩個穿著平和國小制服的小學生走了進來，好奇地張望。

「肚蟲！起床做第一筆生意囉！」我起身，用力朝肚蟲的背上打下去。

肚蟲茫然醒來，看著兩個大約是國小三、四年級的顧客。

「小鬼，要吃什麼？」肚蟲含糊不清地說：「今天新開張，所有吃的都特價五折，算你們走運。」然後將菸屁股隨手往萬用果汁機裡一丟。

兩個小學生聽到打對折，很高興地點點頭，開始研究牆壁上用色紙貼成的菜單。那可是一份新奇的菜單，肚蟲精心設計的獨一無二。

「哥，有好多沒聽過的漢堡喔。這個四十元的京都牛肉蔬菜漢堡，打對折才二十元耶！」個子較矮的弟弟說。

「嗯，這個巧克力豬排堡才三十五元，打對折才十八塊錢，香香濃濃的巧克力醬加豬排一定很好吃。」個子較高的哥哥吞了一口口水。

「飲料也特價。」肚蟲打了個口臭十足的呵欠，那兩個小學生的五官頓時揪在一起。

接著兩兄弟盤算了很久，似乎對每一個菜色都很有興趣，彼此討論一番後，才戀戀不捨地宣布他們的早餐。

「那我們要一個京都牛肉蔬菜堡，加一個巧克力豬排堡，加一杯中杯熱咖啡，然後還要一杯小冰奶茶。」哥哥慎重地唸完。

我彷彿可以聽見他嚥口水的聲音。還有踩到陷阱的失足聲。

我拉下一年前的舊報紙，探出頭說：「小弟弟，這麼小就學大人喝咖啡啊？你不知道咖啡因會殺精子嗎？」

兩個小學生面面相覷，然後完全不理會我。

「這邊吃？帶走？」肚蟲問。

哥哥看了一下牆上的時鐘，才七點整（這個鐘永遠都是七點整）。

「這邊吃。」哥哥拉著弟弟坐下。

肚蟲站了起來，走到料理台前，動手做他最拿手的杜式料理。

□

肚蟲打開冰櫃，拿出一盤模模糊糊的生肉塊。菜刀啪擦一剁，那肉塊被切下一片，然後拿出一個漢堡麵包，從中撕開，將生肉片隨意用手塞在麵包裡。

小學生呆呆地看著。

打了個噴嚏後，肚蟲睡眼惺忪地拿出一根胡蘿蔔，端詳了一下，兩手一扳，胡蘿蔔給折成了兩半。一半被肚蟲放回萬用冰櫃裡，一半又被夾在漢堡麵包中，跟那片半生不熟的不知名肉捲在一塊。

「喏？京都牛肉蔬菜堡。」肚蟲將那個絕不能吃的漢堡，用他的髒手放在桌子上，然後轉身去製作另一個名字很好吃的東西。

小學生呆呆地看著。

肚蟲拿起菜刀，往剛剛拿出來的「京都牛肉」一斬，一片「豬排」就給塞進了另一塊漢堡麵包中。

我忍不住抗議：「喂，牛跟豬的肉會長在一塊嗎？至少也換塊肉吧，別懶了你。」

肚蟲滿不在乎地說：「反正他們也不在乎。」

那個哥哥胸口起伏不已，大叫：「我在乎！」

肚蟲瞪了他一眼，說：「這頭長著豬排肉的日本牛的來歷有個很長的故事，臭小鬼，吃個漢堡你可別太斤斤計較，我沒賺你幾塊。」然後從萬用抽屜裡拿出一塊黑色的硬梆梆東西，千篇一律塞進漢堡麵包裡。

「喏？巧克力豬排堡。」肚蟲淡淡地說，那副毫不在意的表情任誰看了都想給他一巴掌。

那兩個大受打擊的國小生，不知所措地看著桌子上的兩個生得要命的漢堡，暫時喪失了反應的能力。現在的小孩子就是電視看太多，全都看成了白癡。

「還有熱咖啡跟冰奶茶。」我提醒，吃著手中的冷藏三明治。

那兩個小學生兄弟用求救的眼神看著我，我索性一口將三明治吞進肚子裡，裝出一副好好吃的樣子。

肚蟲打開他的萬用冰櫃，拿出一只透明玻璃瓶，裡面搖晃著冰水；肚蟲將冰水壺放在桌子上，然後從萬用抽屜裡拿出一個紅茶包，放在一個免洗紙杯裡。

「這樣不好吧？」我嘆道，喝著速食豆漿。

肚蟲打開一罐克寧奶粉，用湯匙挖了一球丟進免洗紙杯裡，然後倒入冰水，用中指在杯裡瞎攪和了一陣，將紅茶跟奶粉盡量調勻。但事情沒有十全十美，有些奶粉凝結成塊浮在冰奶茶上頭。

「弟弟的還是哥哥的？」肚蟲拿著現做的冰奶茶站在兩兄弟旁邊，但沒有一個肯承認。

我想了想，說：「給弟弟好了，哥哥年紀大了，喝咖啡比較受女生歡迎，是時候了。」

「嗯，現在的小孩眞是人小鬼大。」肚蟲將冰奶茶放在臉色慘綠的弟弟面前，然後轉身拿了包即溶咖啡包，倒進另一個免洗紙杯中，然後拿起料理桌上的溫水壺，倒了一些溫水進去。

接下來，不可避免地，肚蟲將他的萬用中指插進了溫咖啡中，慢吞吞地攪拌，他的眼神是那麼的理所當然，那麼的高高在上。

「我要的——是熱咖啡，你那個是溫的。」小學生哥哥臉色蒼白，氣若游絲。

「熱咖啡會燙到我的手。」肚蟲皺著眉頭：「想設計我，沒那麼容易。」

哥哥身體震了一下，眼神恍惚。

我舉起手中的陽光豆漿，遙遙向他們兄弟倆乾杯。

「敬逆來順受。」我說，這是我的求生之道。

□

「全部五十三塊。」肚蟲伸出他的髒手：「對折過了。」

那兩個小學生終於爆發！

「我們絕對不會付錢！」弟弟漲紅著臉大吼。

「沒錯！我們不可能付錢！走！」哥哥拍著桌子，起身就要拉弟弟走。

肚蟲沉著臉，拿出電動鐵捲門遙控器，按下「不可思議地砸下」按鈕，那鐵捲門於是以不可思議的速度落下，瞬間將店整個封住。

那兩個來不及逃出黑店的小兄弟嘴巴張得好大。

這可是預謀犯案啊！

「付錢，然後把它吃完。」肚蟲臉色不悅：「你出門前媽媽沒教你怎麼用錢嗎？錢是拿來花的、用來買東西的，要感謝別人的辛苦。」

弟弟嚎啕大哭，哥哥也紅了眼。我只好開始唱著：「霹靂黑店關起了，笨蛋兄弟乘著太空船，逃不出來，逃不出來，店裡沒有難吃的東西，只有不能吃的東西，不能吃的東西，不能吃，不能吃，不能吃，什麼東西統統不能吃——」安慰大哭的弟弟。

「大黑店！」憤怒的哥哥吼著。

弟弟大哭、拉著他哥哥的手晃著。

哥哥掏出五十三塊整，啪一聲用力放在桌子上，大叫：「錢給你！我們要去上課！開門！」

肚蟲摳著肚臍，認眞地說道：「小鬼，你當我做的東西不能吃嗎？給我吃完了才可以走，能吃的東西就別浪費，你在電視上沒看過伊索匹亞凸肚臍的可憐小鬼嗎？」

哥哥怒道：「沒煮過的肉可以吃才怪！」

弟弟大哭：「生了會生病——」

肚蟲厭惡地說：「一半的錢能買的東西就這些了，喜歡占人便宜就要有覺悟，金斧頭銀斧頭的故事沒聽過嗎？從前有一個笨蛋，他掉了一把鐵斧頭——」

哥哥瞪著肚蟲，生氣說：「我要跟訓導主任告你！告你！」

肚蟲一副無所謂的慵懶樣，自顧自打開電視看「梅鳳有約」，嘴裡還喃喃自語：「高賽，你覺得他們不吃完這些營養早餐，有可能離開這裡嗎？」

我遺憾地搖搖頭，然後喝完最後一口陽光豆漿。

弟弟哭嚷著：「叔叔，那我們給你五十三乘以二等於一百零六塊，你開門讓我們走好不好？」把一百零六塊錢放在桌上。

肚蟲很有原則地說：「不行，不過一百零六塊可以吃到熟的漢堡。」

說完就起身，將桌子上的一百零六塊抓進口袋裡，然後拿起兩個生漢堡走到料理台前，丟進萬用果汁機裡，倒入一些冷水，按下開關。

兩塊生漢堡機機歪歪哀傷地絞在一塊，一下子紅噹噹，一下子黑餿餿，最後變成一種怪異顏色的醬汁。

肚蟲從容不迫地將不明醬汁倒進一個大盤子裡，然後將大盤子放進他的萬用微波爐，按下開關。

嘟。

兩個小學生全身發抖地看著他們的營養早餐在微波爐裡發出奇怪的味道。

「對了，你應該有收到楊巔峰那張同學會的帖子吧？」肚蟲問，看著電視上的陳梅鳳在一間肉圓店熱情介紹道地的彰化美食。

「有啊，有好多人幾年不見了，也是開開同學會的時候。」我說。往事眞是歷歷在目啊，唯一不變的是，哈棒老大依舊是我們的神登。

微波爐裡的燈熄了。

肚蟲拿出微波爐裡的黏稠醬汁，說眞的，味道聞起來還不是那麼糟，畢竟是熟的，而且還有大人小孩都喜歡的巧克力。

「吃完，就可以走了。」肚蟲嘉許地看著流出眼淚的兩兄弟。

兩兄弟不停擦著眼淚跟鼻涕，小手牽著小手，兩兄弟的感情一定更加堅固了。

肚蟲勉勵說道：「人生就是不斷地在跌倒，所以跌倒了不要緊，在所難免，重要的是，一定要勇敢爬起來。」

然後，我聽見肚蟲的屁股噗吱噗吱作響，我習慣性打開公事包，拿出口罩戴上，想擋住在店裡溢散的糞臭。

「聽過愚公移山的故事嗎？從前有一個笨蛋，他做什麼都笨，笨到……」肚蟲渾不理會從他褲管一路摔到地上的大便，亂七八糟講著一個笨蛋跟一座山的故事。

一個人拉肚子沒有錯，拉肚子卻又滿不在乎也沒有錯，但那是瘋了。

兩個兄弟幾乎崩潰，眼睛迷惘地看著眼前豐盛的早餐。

好感人的畫面，真的。

如果你看到那兩兄弟如何花了一個小時，將那鍋京都牛肉蔬菜漢堡加巧克力豬排堡「醬汁」給吃了的表情，你也會跟我一樣感動。

後來當鐵捲門再度拉開時，那兩兄弟看了看牆上始終不爲所動的「七點時鐘」後，臉色蒼白、神形俱滅地迎向燦爛的陽光。

「眞不愧是哥弟情深。」我說，拿起公事包。也該走了。

兩兄弟大概以爲自己走進了陰陽魔界還是什麼的，才會被莫名其妙的大叔囚禁在莫名其妙的地方，吃了莫名其妙的東西。

我看著他們一跛一跛離去的脆弱樣子，那種重獲新生的嘔吐感一定在他們的體內崇動著。

後來，肚蟲開的早餐店生意還不錯，畢竟他推出很多新奇的菜單，喜歡嘗鮮的笨蛋小朋友總是絡繹不絕、前仆後繼地被關在早餐店裡，提早認識社會弱肉強食的一面。

不過最主要生意不錯還是因爲，沒有特價以後，許多食物也開始正常供應熟食，一盆又一盆的「橘烤布丁粥」、「西瓜蛋糕麵」、「北京烤鴨絲瓜堡」等「醬汁料理」不斷推陳出新，且所有的肉類通通長在同一隻擁有很多很長故事的動物身上，你不能不說這也是一種特色。

久而久之，許多小朋友的接受度無形中提高了。我就說，只要淋上口味重一點的醬汁，小朋友什麼都吃，何況是單吃一盆醬汁。

後來，「梅鳳有約」電視美食節目也來採訪肚蟲的拿手好戲，那次肚蟲又開發出世界上最髒的握壽司，你眞該看看陳梅鳳不得不吃下去的表情。

《哈棒傳奇》完

國家圖書館出版品預行編目資料

哈棒傳奇／ 九把刀(Giddens) 作.
——初版.——台北市：蓋亞文化，2013.07
面； 公分. ——(九把刀・小說；GS012)

ISBN 978-986-319-052-3 (平裝)

857.83　　　　　　　　　　102009479

九把刀・小說　GS012

哈棒傳奇

作者／九把刀（Giddens）
插畫／Blaze Wu
封面設計／克里斯
出版／蓋亞文化有限公司
地址◎台北市103承德路二段75巷35號1樓
電話◎（02）25585438　傳眞◎（02）25585439
部落格◎gaeabooks.pixnet.net/blog
服務信箱◎gaea@gaeabooks.com.tw
投稿信箱◎editor@gaeabooks.com.tw
郵撥帳號◎19769541　戶名：蓋亞文化有限公司
法律顧問／宇達經貿法律事務所
總經銷／聯合發行股份有限公司
地址◎新北市新店區寶橋路二三五巷六弄六號二樓
電話◎（02）29178022　傳眞◎（02）29156275
港澳地區／一代匯集
電話◎（852）27838102　傳眞◎（852）23960050
地址◎九龍旺角塘尾道64號龍駒企業大廈10樓B&D室
二版二刷／2019年07月
定價／新台幣 260 元
Printed in Taiwan

GAEA
ISBN／978-986-319-052-3

GAEA

GAEA

Gaea

GAEA